7 BATTITI
EDICICLO

collegati per scoprire
tutti i titoli del catalogo

segui BATTITI su facebook

redazione e impaginazione: silvia diramati

grafica: vanessa collavino

prima edizione ottobre 2014

via cesare beccaria, 17–30026 portogruaro (ve)
tel. 0421 74475–fax 0421 280065
www.ediciclo.it
ufficio.stampa@ediciclo.it

ISBN: 978-88-6549-141-6

Michele Marziani

Umberto Dei

Biografia non autorizzata di una bicicletta

romanzo

ediciclo editore

A mio padre, Guido Marziani,
che mi ha regalato
le lunghe passeggiate in bicicletta
dell'infanzia

capitolo
I

Quando ho visto brillare gli occhi di Nas di fronte alla mia Umberto Dei, allora ho capito: la cultura è universale, altro che storie. È successo un pomeriggio di quelli in cui la luce nella bottega entra di taglio, quando il cielo è pulito e si sente il profumo dei glicini sul Naviglio.

Il ragazzo è entrato e sembrava un marocchino come gli altri, quelli che vengono a vedere se possono mettersi a posto la bicicletta coi tuoi attrezzi e se va bene ti lasciano un paio di euro. Sennò si portano via pure una chiave o le pezze col mastice. Di solito non m'importa e li lascio venire. Non mi piace che di questa città si dica che c'è diffidenza. Anche se a dirla per intero sarebbe pure così: ci si guarda tutti con un po' di sospetto, anche qui sulla Martesana. Ma io vengo da un'altra vita, ho imparato che è meglio farsi portar via una chiave che lasciare la gente a piedi in mezzo a una strada.

«Hai del lavoro per me?» mi ha detto Nas. Anzi no, prima si è presentato, mi ha teso la mano, gli ho detto della mia: «È sporca di grasso». Mi ha stretto il polso.

«Me ne intendo di biciclette, ne avevo una al mio paese, una italiana, una importante, almeno per mio padre, una Bianchi».

Già solo pensare una Bianchi tra le dune di non ho capito quale angolo di mondo è una cosa che ti cambia il pomeriggio. Come avrà fatto ad averla suo padre?

«Davvero ti piacciono le biciclette?» ho chiesto. Non ero convinto.

«Sì, molto».

Allora ho voluto prenderlo in giro perché qui di ragazzini che la raccontano un po' come viene ne passano eccome. Gli ho detto di guardare in fondo se trovava una bella bicicletta. È andato e ha detto: «Quella».

«Ma tu sai cos'è quella?».

«Umberto Dei» ha risposto, con gli occhi accesi e quel sorriso da mezzo arabo che non gli avevo ancora visto addosso. Nemmeno gli occhiali avevo notato.

Umberto Dei. Questo viene da chissadove, avrà ancora i denti da latte, mastica l'italiano a malapena, entra nella mia bottega e… Umberto Dei.

Se lo raccontassi all'Alice non mi crederebbe. Ma è tanto che ad Alice non ho più niente da raccontare. Sono andato a lungo a trovarla al cimitero del suo paese, pochi chilometri fuori Milano. Ci si arriva in bicicletta proseguendo lungo il Naviglio, passando in mezzo agli zingari che tentano di farti cadere, trattenendo fiato e respiro al cavalcavia che sembra la tangenziale. Tante volte, davanti al marmo col suo nome. Ma un giorno non ho avuto più niente da dire. Ho asciugato la gola, le lacrime… Sbatto le palpebre, il ragazzo mi sta guardando, attende una risposta e scruta.

«Ce l'hai il permesso di soggiorno?».

«Sono studente al Politecnico».

«Ma qualcosa ci vorrà comunque. Un permesso di studio, un…».

Che me ne doveva importare? Ricordo all'improvviso chi sono e mi vergogno di tutte queste domande da poliziotto.

«Vieni domattina alle sette, se hai voglia di lavorare».

Ho dato un orario da duro. Ho ricevuto un sorriso: «Cercavo di pomeriggio, anche la sera, ancora per un mese la mattina sono in università».

«A che ora sei libero?».

«Dalle tre posso essere qui».

«Alle tre allora».

Umberto Dei, mi sono ripetuto fino a sera. Poi ho ritirato le biciclette, legato bene quelle che in bottega non ci stanno. Cinque passi ed è già un'altra porta, quella di casa. Sono basilico e aceto a farsi strada nella penombra. Già, la *panzanella*. Si fa in mezz'ora, si mangia per giorni. Esce dal frigo la pentola di terracotta coi colori della Toscana e i profumi dell'estate, luccicano anche con poca luce i pomodori, i cetrioli, le cipolle rosse. Cucchiaiate nella ciotola e Grignolino fresco che verso nel bicchiere di vetro spesso. Olio in aggiunta, profumo di quella Sicilia dove con Alice passavamo l'estate. Abbiamo passato un'estate. Una sola. Sufficiente.

Non ho nemmeno lavato le mani, lo vedo dall'unto sulla forchetta, le ditate nere sulla ciotola. Ti stai davvero riducendo male Arnaldo... Macché male, è stanchezza, è sera. Umberto Dei, due parole e mi sono fatto convincere. Magari non sa fare nulla. Grignolino, fresco, ancora un bicchiere.

capitolo II

La bottega lungo il Naviglio della Martesana ha deciso da sola di essere aperta. È successo una mattina, mentre stavo andando al lavoro. Tutti i giorni: giacca, cravatta, valigetta. E bicicletta. Sì, perché io sono di Ferrara e a lavorare voglio andarci in bicicletta. Tanto più che avevo la fortuna di abitare lungo il percorso dell'unica pista ciclabile che c'è in città. Così la strada era sempre uguale: casa, via Castaldi, discesa ad attraversare via Pisani, poi corsa fino a via Melchiorre Gioia, Naviglio della Martesana, alla fine il traffico di viale Monza fino in ufficio.

«Chi te lo fa fare?» chiedevano i colleghi. Non sapevo rispondere, non l'ho mai saputo.

Poi quella mattina ho capito tutto. Ho forato. A metà del Naviglio. Avevo anche un appuntamento in ufficio. La bomboletta per riparare le gomme non l'ho mai voluta comprare. Spray moderni, lattice, schiuma, non so nemmeno che roba sia, nei copertoni della mia Umberto Dei. Non scherziamo, ho chiuso camere d'aria con mastici e pezze per tutta la vita.

Però quel giorno ero a piedi. In ritardo. Ho chiamato, mi sono scusato. E ho cominciato a cercare.

C'era una ragazza seduta davanti alla casa dei ferrovieri, quella con i glicini. Le ho chiesto se sapeva dove fosse un meccanico di biciclette. Se avessi chiesto di un pornoshop l'avrei vista meno stupita. «Non so». C'è un gruppo di case più avanti. E sul retro un circolo ricreativo, una chiesa. Domando a un gruppo di anziani. Ottengo in risposta ricordi: lì c'era il Nanni, laggiù uno che però era caro, da signori, subito dopo la guerra le biciclette beato chi le aveva… E adesso? Niente.

Ho trascinato piano piano la bicicletta fino al ristorante greco. Ho sbirciato nel cortile della casa subito dopo e ho letto: «AFFITTASI». Ho chiesto se c'era la portineria, ma i portinai stanno scomparendo anche a Milano.

Ho parlato con la proprietaria, mi ha detto che cura tutto l'agenzia. Ho legato la bicicletta. Sono arrivato in agenzia che erano ormai le dieci.

Non la faccio lunga, tanto è ovvio com'è finita: ho affittato l'ala sulla destra, subito dopo al portone, al di là della volta che porta alla casa vicina. La bottega ha preso il posto di un deposito di non so cosa. Ma era già stata officina, mi hanno detto. Ad abitare di fianco ci ho messo un po' ad andare. Comunque a mezzogiorno ero già senza giacca a vedere i lavori da fare. Con la bicicletta ribaltata in cortile a togliere la camera d'aria con i ferri della borsetta che sta dietro la sella. La camicia bianca cominciava a sporcarsi. La camera d'aria andava messa nell'acqua a fare le bolle. Ma dove potevo farlo?

Alice mi guardava stupefatta, con i panni da stendere sospesi a metà, mentre armeggiavo con arnesi da ciclista in divisa da assicuratore o da bancario. È stata lei la mia prima vicina. Sua la bacinella dell'acqua per riparare il foro nella gomma. Ho chiamato in ufficio. Ho detto che avrei mandato le dimissioni. Che per ora ero malato e non sarei più andato. Mi era cresciuta di colpo, la malattia: tornare ragazzo, quando avevo fatto finta di fare la raccolta del ferro e della carta per la parrocchia. Era il 1974, mi pare, c'era l'*austerity*, mancava la benzina, il petrolio costava troppo, si girava coi pattini. Non ricordo bene. Però ferro e carta valevano un sacco di soldi. E io volevo la bicicletta.

Mi ha aiutato il vicino di mio padre, quello col camion che portava in giro i funghi, a consegnare la carta e il ferro. E a farmeli pagare il prezzo che valevano. Ho sgobbato mesi. Ho trovato la Umberto Dei, quella che uso oggi. Anche se era sporca, polverosa, con un po' di ruggine che spuntava qui e là, ho capito subito che era un gioiello e che non c'entrava nulla con tutte le altre biciclette accatastate nell'antro del meccanico. Lui si chiamava Luigi, vestito con tuta blu da operaio, parlava poco, ma gli si sono accesi gli occhi come i tizzoni delle sue sigarette quando gli ho detto: «Questa è bella, mi piace». «Questa costa» mi ha risposto. «E non è da corsa».

Neppure io sono un ragazzo da corsa, ho pensato. Che poteva importarmi di sudare come Gimondi, come Merckx? Lì, tutti curvi a salire in alto o a sopportare gli sbalzi del pavé della Parigi-Roubaix.

No, io volevo una bicicletta per girare il mondo. Per sognare. Per andare ovunque. E questa mi ricordava quella del nonno, per dirla tutta. Quella che mi aveva promesso, ma che il giorno che è morto è scomparsa tra i parenti. Compresi gli spiccioli, avevo cinquantamila lire.

«Con quella cifra mi devi ancora quarantamila lire per la bici così com'è. Poi te la metti a posto da solo».

«E dove?».

«Qui in bottega, così mi dai una mano e ti guadagni i soldi dell'aggiunta».

In fondo era estate. Potevo farlo. È così che sono diventato meccanico la prima volta.

capitolo
III

Ho tirato fuori la mia Umberto Dei Imperiale da dietro alla catasta delle biciclette in un fondo dove il sole entrava soltanto per sbaglio, la luce era poca, lo sporco per terra tanto. L'odore di copertoni, camere d'aria, caucciù, pezze e mastice, a volte arrivava talmente forte da far rimpiangere le Nazionali di Luigi, il meccanico, sempre accese, sempre appese, in bilico a un angolo della bocca. Lui è stato il mio eroe da ragazzo.

Ognuno aveva il suo, al cine, nei fumetti, tra i campioni dello sport. Il mio era Luigi, piccolo, magro, fascio di muscoli, vena al collo evidente, capelli scomposti, tenuti insieme da grasso e sudore, altro che brillantina. Lui sapeva sorridere come nessuno. E insegnava a colpi di tosse.

«Davvero vuoi verniciarla?».

«Sì, è la mia prima bicicletta, vorrei che fosse nuova».

«Guarda che queste nuove non le fanno più; Umberto Dei se n'è andato a costruire biciclette all'altro mondo».

«Ma mi aveva detto lei che le facevano ancora...».

«Sì, le fanno, ma non sono le stesse... Comunque, tra sabbiatura, forno, vernice, devi trovare degli altri soldi, mica pochi. E le cromature poi chi te le fa?».

«Ma la devo tenere vecchia così?» ho chiesto spazientito.

Mi ha risposto la risata a denti gialli di Luigi: «Queste sono capolavori, non sono vecchie mai. Ci vuole solo olio di gomito».

«Olio di cosa?».

«Vabbé, sei ancora un bambino...» e mi arriva uno scapellotto sopra il ciuffo: «Fatica, intendo». Fine delle parole. Tra le mani una spugna e un barattolo di non so cosa, denso, puzzolente, bianchiccio, quasi una malattia. Sgrano gli occhi e lui: «Si fa così». Via di crema e spugna e olio di gomito, di collo, di ginocchia sbucciate a forza di stare in terra per stringere la forcella. Ci vogliono almeno trenta ore di lavoro per riportare in superficie la vernice di una Umberto Dei. L'ho imparato nel 1974. È così anche oggi. Alla fine eravamo irriconoscibili: il telaio della mia bicicletta, le mie ginocchia, i muscoli delle braccia. Nell'antro scuro di Luigi ero diventato un piccolo uomo. In un'estate, lucidando una bicicletta. La mia.

A casa erano contenti che avessi trovato qualcosa di così appassionante per l'estate.

Sempre senza amici, tra troppi libri e chissacosa per la testa.

«Almeno si tiene impegnato» sentivo dire papà al balcone, mentre fumava la pipa.

«Magari se stesse un po' con i suoi coetanei...» si lagnava mamma.

«Lascia stare Luisa, li ritroverà con la scuola. Hai visto che spalle? Che bicipiti? Si sta facendo proprio un bell'ometto». Uno schiavo, a ripensarci adesso. Schiavo volontario. «Arnaldo, senti cosa vuole il signore». «Arnaldo, ma quanto ci metti per una foratura, non vedi che la signora ha fretta...». «Certo, gliela faccio guardare subito dal ragazzo». Di corsa, in silenzio, testa bassa per pagare il debito. Ma intanto incontravo un mondo fatto di olio, grasso, mastice, pezze, fili dei freni, pompe, pinze, brugole, cacciaviti, smagliacatena, raggi, tappini... Centinaia, migliaia di tappini dentro a una grande scatola a scomparti. Lì quelli nuovi, per la gente bene, lì quelli particolari, per i tubolari, lì quelli di recupero, trovati in giro, raccolti ovunque, per chi non ha soldi da spendere, ma strada da fare. Ossequioso fino alle mutande con i ricchi, sbrigativo con tutti gli altri. Puzzava di tabacco Luigi, ma mi ha insegnato a calci in culo l'unico mestiere vero che so. Poco importa che l'abbia scordato il trenta di settembre quando sono uscito in sella alla mia Umberto Dei, finita, lucida più che nuova, scintillante quanto un sogno, tutta pagata fino all'ultima lira. Il giorno dopo cominciava il liceo, un'altra vita, un altro tempo.

Adesso al posto della bottega di Luigi c'è una banca. Anche per questo oggi faccio il meccanico di biciclette. E mi sforzo a fumare senza filtro, Gauloises, che neppure è più facile trovarle.

Ma non ci sono arrivato in quattro pedalate in questa officina sul Naviglio della Martesana. No, con la Umberto Dei ci ho girato il mondo, l'ho portata con me in ogni angolo della vita, e ne ho attraversati di angoli, di vita, di deserti. Beh, quella mattina, quando ho forato mentre andavo in ufficio, quando ho affittato mezzo cortile, ho tolto la giacca e ho detto: questo è il mio mestiere. Sì, quella mattina ho creduto di essere arrivato in fondo al più duro di tutti i deserti. Di aver trovato la strada, l'illuminazione. Forse solo il coraggio giusto, la vena di pazzia. Nessuno a cui dover rispondere più di che cosa me ne facessi della vita. Ecco: quel giorno ero di nuovo io, Arnaldo Scura, classe 1960, meccanico di biciclette, anarchico o qualcosa del genere. D'altra parte, mica avevo fatto tutta la vita il broker finanziario, figurarsi.

capitolo IV

Eccolo qui Nas, fanno a gara per farsi aggiustare la bicicletta da lui. Parla un italiano da libro stampato, altroché poche parole come ho pensato il giorno che l'ho conosciuto, sorride sempre, lavora duro, sa tutto di come funziona una bicicletta. E soprattutto è giovane, bello, con la pelle scura che da sudata sembra che ci sia passato sopra l'olio. Non quello di gomito, quello dei principi. «Ehi, Politecnico!» gli grido quando voglio prenderlo in giro. Lo chiamo così, tanto è lì che studia, non so nemmeno cosa e neppure perché.

Quando è arrivato il primo giorno di lavoro ci siamo messi d'accordo sulla paga. A giornata, all'inizio. Soldi in mano. Non mi piace, ma l'ha chiesto lui. «Mi servono, ogni giorno» mi ha detto con quel suo parlare diretto che è gentile ma va subito dentro alle cose.

Non che sia poi questo granché di meccanico, questo no. È uno che però ha studiato e le cose le sa dire, chiacchiera con chi viene a far riparare la bicicletta, impara con uno sguardo. Ed è in gamba, forse troppo, mi viene da pensare quando mi sento scavalcato dai clienti che chiedono di lui. Piace alle donne, ma anche agli uomini, a quei fighetti con la puzza sotto il naso che tornano dalla Corsica e dicono che la bici *c'ha* bisogno di una revisione. Nemmeno di una spolveratina avrebbe bisogno, ma noi i soldi per campare li facciamo così, con quelli che vogliono spenderli. La mia è una bottega di frontiera, un po' una boutique un po' la mutua delle biciclette. È successo per caso, non ho cercato i clienti, sono venuti da soli. Poi, siccome lavoravo bene, si è sparsa la voce. Così mi sono ritrovato la fila di quelli che avevano qualche gioiellino da rimettere a nuovo, una Bianchi, una Atala dei tempi d'oro, una Colnago o una Cinelli da corsa, qualche vecchia Legnano, le introvabili Bottecchia persino, e poi le Umberto Dei, di cui posso vantarmi di essere specialista. Non sempre è gente bella, anzi, mi viene da dire tra me e me che le loro biciclette sono meglio. Ti guardano sempre un po' dall'alto in basso, loro, perché tu sei meccanico e loro architetti, manager, dottori o semplicemente ricchi. Allora vorrei sbattergliela in faccia la mia laurea alla Bocconi, gli anni sudati sui libri a studiare cose di cui non mi importava nulla solo per dimostrare che avevo la testa per farcela, la testa per l'economia, per il DES. Ho dato l'esame d'ammissione solo perché il mio professore di matematica al liceo diceva che non sapevo far di conto: «Come te la caverai, Scura, nella vita? Chi ti terrà i conti dello stipendio?».

Gli ho portato il risultato dell'ammissione da vedere. Lui mi ha guardato e ha detto: «Come? Una bella testa come la tua sprecata dietro ai numeri e ai soldi?». Ma io sono testardo, ero testardo, e non sono tornato indietro.

E questi mi guardano come se fossi uno che non ha nemmeno la licenza elementare, solo perché sono sporco di grasso e aggiusto biciclette. Forse è anche per questo che ho assunto Nas: mezzo negro, straniero, ma colto, che studia e la laurea, se la prenderà mai, se la suda. Qui, nella mia officina lungo il Naviglio.

I clienti con le bici belle di solito hanno i soldi e li scuciono se gliela racconti un po'. Così basta abbassare la testa, parlare del lavoro che si è fatto spiegandolo nei minimi dettagli e incassare come se facessi il meccanico della Rolls-Royce.

Ma in fondo è giusto: una Umberto Dei d'annata vale più di qualsiasi Bentley. Anche perché dove non c'è la benzina funziona lo stesso, eccome. La Umberto Dei, intendo.

Poi ci sono gli altri clienti. Quelli che la bici la usano perché persino la metropolitana costa troppo: africani, filippini, marocchini, cingalesi, mauriziani, sudamericani, rumeni, albanesi... Cinesi pochi, che le bici se le aggiustano tra loro, a casa. C'è un mondo anche un po' cencioso che non parla l'italiano ma usa la bicicletta. E non è vero che tutti le rubano per strada, come si dice. Qui da me vengono in tanti a comprarle, vecchie e usate.

Sanno che le mie funzionano tutte benissimo, come orologi, e per questo si fidano. E io mi fido a far credito. Dicono che pagheranno e dopo vengono quasi tutti coi soldi, magari pochi per volta, ma si contano sulle dita quelli che non tornano. Quelli che non pagano sono i ragazzi, specie i rumeni, gli albanesi e quelli di pelle scura, non i neri, quelli un po' meticci, come Nas. Non ne ho mai fatto questione di pelle, ma quelli a volte non tornano a pagare. Anche per questo, credo, ho assunto Nas: non mi piaceva farmi crescere dentro un pregiudizio. Di clienti normali non ne ho, a parte qualche vecchio pensionato: in bicicletta, a

Milano, ci vanno i ricchi, magari quelli ecologisti e di sinistra, e gli straccioni. Nas piace a quelli che dicono d'intendersene e alle signore, che chiedono sempre di lui e si fanno incantare dai muscoli e dal sorriso.

I "suoi" non lo cercano, non si fidano tra di loro gli stranieri. Vengono da me che sono qui da sempre, che so andare incontro, che non mi arrabbio mai. E che in fondo questo mestiere l'ho fatto anche per mettermi a posto la coscienza, per sentirmi buono verso questi che con le bici ci vanno a lavorare, portano i figli a scuola, trasportano fagotti pieni di tutto, macinano la città avanti indietro, in silenzio, senza lamentarsi, chi a pulire appartamenti, chi a lavorare nei giardini, nei camposanti, nei cantieri, dove serve gente muta con muscoli buoni e poche pretese. Via, tutti in bicicletta.

capitolo
V

Parla poco di sé, Nas. Il suo nome intero l'ho visto solo quando dopo un po' l'ho messo in regola. Non mi piace pagare la gente nel pugno, pagarla in nero.

Vengo da una famiglia che pensava fosse più sacro pagare le tasse che andare in chiesa la domenica. Mio nonno, socialista, capostazione, in chiesa non ci entrava proprio mai, ma dal ragioniere, quando andava per la dichiarazione dei redditi, per non sbagliare, diceva sempre di segnare qualche lira in più che tanto a lui lo Stato gli dava lo stipendio e non gli scocciava di pagare le tasse. Noi Scura siamo tutti così.

Quando Alice leggeva sul giornale i redditi dei consiglieri comunali mi diceva: «Ma sei più ricco tu che aggiusti le biciclette...».

Lì avrei potuto sfoderare quel che sapevo di economia, ma la baciavo perché ero orgoglioso di pagare le tasse. «Il più ricco tra i meccanici di biciclette della Lombardia» annunciavo ad alta voce, ridendo.

Beh, a Nas non è dispiaciuto che gli abbia chiesto il passaporto e abbia iniziato a girare come uno scemo per riuscire ad assumerlo, solo il pomeriggio, perché la mattina va all'università.

All'ufficio stranieri mi guardavano come fossi un cretino quando gli dicevo che lo volevo assumere part time. Anche ai sindacati, allo sportello per gli immigrati, credevano di non aver capito bene: «Sì, voglio assumerlo, in regola, per le ore che lavora».

«Ma non è che vuole dargli una copertura?».

«Cioè?».

«Che magari lo aiuta per il permesso di soggiorno...».

«Cosa? Ma che razza di sindacato siete se davanti a uno che chiede una cosa normale, un part time per uno studente universitario, diventate subito diffidenti? A chi devo chiedere aiuto per metterlo in regola? Alla mafia cinese?».

Ero stupito, indignato. È assurdo che anche chi si deve occupare di diritti non sappia come si faccia ad averli.

Comunque alla fine ci sono riuscito. E a forza di compilare documenti l'ho imparato il nome di Nas: Mohammed Nasim Najibullah. Un nome che se lo conosci fa venire i brividi, perché in Afghanistan un cognome così ha una storia che non è una bella storia. O almeno non lo è per molti. Me l'ha spiegato Nas, mi ha detto che lui si chiama come l'ultimo presidente che voleva i russi, i sovietici.

«Ma io ero nato da poco e il nome, come il cognome, sono quelli di famiglia. Noi a Mazar I Sharif siamo stati una famiglia importante. Prima».

«Prima di cosa?».

«Prima. Vedi il passaporto? Sono cittadino dell'Uzbekistan».

«Di cosa sei cittadino?».

«Dell'Uzbekistan, ti devo fare lo spelling?».

«No, no, ho capito; è che non pensavo che esistesse davvero... Cioè, scusami, mi spiego, è roba che per noi in Italia si trova a malapena nei libri».

«I miei si erano stabiliti a Termiz, nel sud del paese, poco dopo il confine con l'Afghanistan, che un tempo era sicuro, poi con la guerra si sono dovuti spostare a Samarcanda».

Ecco, finalmente un posto che conosco. Si fa per dire, mi ricorda solo la canzone di Vecchioni. Insomma, a dirla tutta mi è crollata in testa la geografia, di fronte al passaporto. Mi sono sentito un pozzo di ignoranza. E mi sono pure portato la guerra in casa o, comunque, qualcosa di molto vicino. Sì, l'ho pensato. Me ne vergogno, ma l'ho pensato.

Questo fa il meccanico a casa mia, studia al Politecnico e io di lui non so niente. Nemmeno adesso che me l'ha detto, con tutti quei nomi di città che non ho mai sentito.

Anzi no, ad andare indietro con la memoria quel posto dove è nato lo conosco. Da Mazar I Sharif, o come diavolo si dice, ai tempi dei liceo si raccontava che arrivasse il fumo migliore, l'afgano nero, roba per pochi. Infatti io non l'ho mai visto alle feste degli amici. A me non piaceva il fumo, l'hashish, quella roba da fricchettoni. Però vedevo girare pachistano, nepalese, marocco, libano, ma afgano no. Era un mito. E veniva da Mazar I Sharif, proprio come il mio Nas. E pensare che adesso leggo che in Afghanistan per pagarsi la guerra producono l'eroina, quando avevano il fumo più famoso del mondo.

Per farla breve, ho in casa un afgano che sul passaporto ha scritto che è uzbeco. Ma quello che ancora non capisco è come uno a Samarcanda può avere un padre che pedala una Bianchi e si entusiasma davanti a una Umberto Dei. Potenza delle biciclette, mi viene da pensare. E poi, non ho forse girato mezzo mondo con la mia Dei Imperiale? Sì, ma in Asia, in quei posti sperduti non ci sono andato mai. Eppure se chiedo a Nas cosa sa dell'Umberto Dei Imperiale, lui sfodera il sorriso sotto la barba – ha cominciato a farsi crescere la barba – e parla come un catalogo degli anni Trenta: «Freni a bacchetta a frenata integrale, dinamo e fari Radius, gomme Pirelli, catene Renold, sella in cuoio con supporto di molle...».

«L'intramontabile Brooks B67 di cuoio» aggiungo compiaciuto.

«Sì, poi ha le ruote da 28 pollici con le gomme maggiorate, i parafanghi con le alette e la maniglia per il trasporto a mano. Ma soprattutto è una *singlespeed*, ha un solo rapporto, ma così fluido che ci vai ovunque...».

«Ebbravo! Si vede che fai il Politecnico».

«Guarda che le Umberto Dei ci sono anche nel mio paese. O almeno c'erano».

Fine. Ha parlato fin troppo Nas per oggi. Ha detto di sé tutto quello che di solito dice in tre settimane o in tre mesi. Testa bassa a lucidare una vecchia Ancora, un pezzo da museo che ci ha portato un signore coi baffi.

«La vorrei come nuova» ha detto.

«Anch'io mi vorrei come nuovo» ho scherzato alzando lo sguardo da una ruota alla quale stavo montando i raggi. Poi ho visto la bici e non ci credevo.

«Questa è la pronipote delle sue. Lo sa che l'officina Ancora è stata acquistata da Umberto Dei?».

«Ma parliamo degli anni Trenta» ribatto.

«Della mia gioventù» abbozza un sorriso, il cliente. Da non credere. Mi sono alzato e ho visto quest'uomo con baffi impomatati e panciotto, con i polsini della camicia chiusi su polsi che cominciano a mostrare l'età fino in fondo, la pelle rugosa, antica, il sorriso da ragazzo e questa vecchia Ancora, roba considerata di lusso ai tempi, con i freni a leve rovesciate e il fanale a petrolio. Sì, ci voleva il petrolio per accenderlo.

Avevo un quadro del Novecento davanti agli occhi. Ero commosso.

«Lui sa di biciclette?» chiede il cliente all'improvviso indicando Nas. Usa proprio il dito, l'indice. «Delle *nostre*, intendo». Calca perché si capisca.

«Ne sa, ne sa... Suo padre va in giro per Samarcanda con una Bianchi».

«Non dica sciocchezze».

«Non dico sciocchezze. Ci vogliono due settimane per la sua bicicletta».

«Posso fidarmi a lasciarla?».

«Si deve fidare, se la vuole come nuova, sennò la riporta a casa». Non mi era andato giù il modo come guardava Nas, non mi piace la gente che pensa che perché uno è scuro di pelle non deve saperne di biciclette. Mastico amaro, non è giornata.

capitolo VI

Alice è stata la prima. La prima vicina, la donna che ho sposato, l'unica che ho amato. So che suona quasi retorico, specie se a dirlo è uno come me che, modestamente, si è dato da fare in gioventù. Invece è così. Alice è arrivata un giorno nella mia vita e non ha chiesto niente. Si è messa lì, si è accucciata fino a quando mi sembrava impossibile non pensare che lei ci fosse da sempre. Poche smancerie, tanti sorrisi, nessuna pretesa, nessuna domanda. Solo progetti, quelli sì, ne faceva tre al giorno nei giorni in cui era molto impegnata. L'ho trovata lì, in via Tofane, al numero 5, nello stesso cortile dove ho trovato bottega e casa.

Pareva un sogno avere il proprio mondo, quello ideale intendo, in una manciata di metri quadrati. A Milano. È venuto tutto così naturale che nemmeno io all'inizio ci credevo. Una bella così, con gli occhi dal colore del mare, i capelli biondi, biondi davvero intendo, ricci, un sorriso che apriva il cuore e due tettine a punta che a vederle ribolliva il sangue. Professoressa di geografia pure, di quelle brave, alle medie. Lei, lei sì, saprebbe da dove viene Nas, qual è la storia del suo paese, la capitale, la strada per andarci, il PIL, i monumenti principali, le lingue parlate, le temperature medie, il clima, la bandiera. Alice sapeva le cose da sapere. Mica come me che ho dovuto arrivare grande e grosso per capire che non ero nato né rivoluzionario né broker, ma meccanico di biciclette. Veniva da Gorgonzola, lombarda purosangue da almeno cinque generazioni, come diceva suo padre con orgoglio, con la mamma che d'inverno preparava ancora la *cassoeula*, con le verze e le costine di maiale. Che pranzi la domenica in cascina coi suoceri, con la polenta, i salami, gli uccelletti a volte, altre volte le rane. Col vino di San Colombano, che è rosso, spumoso, dolciastro e a me ricordava tanto il Fortana o il Lambrusco di quand'ero ragazzo e andavo coi miei genitori lungo il Po.

In fondo con Alice ero tornato un po' ragazzo, la sua famiglia mi coccolava come non ricordavo più della mia. Eppoi i progetti, le idee, i sogni che aveva Alice, che contagiava tutti a raccontarli. No, non sembrava di Milano, pareva uscita da un libro di favole. E per me è stata la favola più bella. Me la ricordo ancora coi capelli sciolti che mi guardava stralunata mentre mi passava il grosso catino di plastica il giorno che ho forato la bici e sono diventato il suo vicino. Mi dava del lei, ma non ero poi così più grande. Una decina d'anni, quindici per essere precisi, che a volte neppure li sentivo. Magari lei sì, ma non ha fatto in tempo a dirmelo. Mi viene su tutta la vita quando parlo di Alice. E sento che mi arrivano le lacrime e non mi so spiegare, non so dire, qui, con la chiave a brugola in mano e Nas che sta chiedendo qualche cosa.

«Dimmi...».

«La signora vuole il conto».

La signora? Non l'avevo nemmeno vista entrare. Nas mi passa il foglietto con le riparazioni.

Lei mi chiede se il marito può scendere con la jeep sul Naviglio, che così carica la bicicletta.

«No, non si può signora, se vuole l'accompagno». E vado su in viale Monza a mettere la bici sopra la jeep che della jeep ha solo il nome tanto è grande, grossa, con gli interni in pelle.

«Che cavolo verranno a farsi aggiustare la bicicletta, se poi vanno in giro in macchina?».

Nas alza le spalle, lui lo sa come funziona. Anch'io, ma mi verrebbe sempre da dire alle signore come quella della jeep che il culo le sta cascando e che non occorre la palestra: serve la bici, ma non nel bagagliaio.

Nas mi lancia un'occhiata: «Posso appendere un biglietto in bottega? Sto cercando casa, da me il contratto è scaduto e i compagni di stanza se ne vanno. Foglio di via».

«Foglio di via? Ma con chi vivi? Con una banda di delinquenti?».

Nas abbassa gli occhi. Ho sbagliato. Come se non conoscessi la polizia, come se non sapessi.

«Scusa».

Siete tutti uguali. Non lo dice Nas, glielo si legge nel pensiero. Apre la bocca, invece, e spiega con calma: «Erano senza soldi e senza lavoro. Li hanno presi due volte senza permesso di soggiorno. Adesso rischiano, a restare. E poi non eravamo proprio compagni».

Sì, usa la parola compagni, non amici.

«C'eravamo trovati per dividere l'affitto».

«E adesso dove stai?».

«Qua e là, da amici, finché non trovo un posto che posso permettermi. Mio padre fa sempre più fatica a mandarmi i soldi per studiare. E qui…».

«Già, e qui il lavoro è quello che è, la paga è bassa per una città come Milano, lo so bene».

«Non mi lamento mica».

«So anche questo. Metti pure il tuo biglietto».

Così, per la prima volta ho appeso un foglietto scritto in arabo, non solo in italiano. In via Tofane, a due metri dallo Zelig. Non so perché l'ho pensato, ma l'ho pensato. Forse perché Alice è la terza o quarta cosa che mi ha detto: «Ma tu lo sai che qui c'è lo Zelig? Che ci si diverte? Ci sono un sacco di spettacoli...».

E io che di lì passavo tutti i giorni mica me ne ero accorto mai. Sempre in bicicletta, sempre di corsa, sempre con la giacca.

«C'è anche la sezione del partito» mi ha detto Alice.

«Quale partito?».

«Ma dai, non sei emiliano?».

«Del PCI?».

«Dei diesse, scemo».

Se fosse ancora viva, la mia Alice direbbe del PD.

Non gliel'ho detto ad Alice che io con quelli del PCI facevo a botte. Era un'altra vita e lei troppo giovane per capire che ci sono comunisti più comunisti di altri. E poi oggi si chiamano con nomi nuovi, anche se sono poi sempre gli stessi. Quelli più vecchi muoiono. O li fanno presidenti. E gli altri, quelli di mezzo, ne prendono il posto.

Mi viene sempre da sputare per terra da quando lavoro in bottega.

Era un gesto che faceva Luigi, il meccanico di Ferrara, quello vero, il mio. Sputava per far spazio tra le Nazionali che gli riempivano i polmoni. Era uno sputo elegante, distinto. Un gesto di rivolta, sprezzante verso i medici che gli dicevano che fumava troppo.

«Mio nonno ha sempre fumato, molto più di me e lo si incontrava sotto al castello quando tutti i suoi amici andavano in fila al camposanto. Coi piedi in avanti, intendo». Non era un dire elegante quello di Luigi, ma lo sputare sì. Difficile da credere, lo so, ma c'è anche un'estetica della saliva.

Di Luigi ho saputo dopo; a Ferrara non ho vissuto più, finito il liceo. Se l'era portato via un cancro, ovviamente ai polmoni, quelli che si è fumato con tanto di fascetta del Monopolio. Adesso lo scrivono che il fumo uccide, ma allora lo si sapeva senza dirlo, perché era più bello credersi John Wayne con la Nazionale in bocca che abituarsi a far dall'alba fino a notte in mezzo alle biciclette, sporchi di grasso, unti di sudore e senza sigarette.

Già, a me che l'ho scelto questo mestiere piace, ma Luigi se l'era trovato già pronto dal padre e rispetto alla fabbrica, rispetto ai campi, era una benedizione. «Ricordalo» diceva sempre. Ma io non ho mai avuto il coraggio di dirgli che a ottobre l'avrei lasciato per andare al Ludovico Ariosto. Ero un borghese in fondo e me ne vergognavo. Sgobbavo per avere una bici da signore e mi imbarazzava dire che sarei andato al liceo. Ma Luigi lo sapeva, figurarsi.

Si è portato via anche Alice. Il cancro, intendo. O tumore, come lo si chiama oggi, che suona meno male. Non abbiamo nemmeno fatto a tempo a capire.

Non è la signora di prima quella che vedo all'improvviso davanti al bancone. È più giovane, parla a voce bassa. Nas le sta spiegando qualcosa riguardo alla bicicletta che ha già il cartellino che mettiamo a quelle riparate. Io non l'ho vista neppure entrare. Ci sono giorni che sono davvero suonato. Ed è in questi giorni che capisco la fortuna di avere incontrato Nas. Umberto Dei, la fortuna in due parole pronunciate al momento giusto. Non gli ho mai chiesto di casa, dei suoi, del suo paese, neppure che cosa studia al Politecnico. Non so nemmeno se è musulmano. Non gli chiedo nulla. Non dice molto. Ma è bravo. Se non fosse un uomo fatto, con due braccia levigate da far invidia, mi piacerebbe a volte pensarlo il figlio che non ho avuto. Mi riprendo, non posso starmene tutto il giorno tra i ricordi, tra quelli brutti poi: «Buongiorno signora, ha visto che bel lavoro le ha fatto il nostro Nas?».

«Veramente avevo solo forato».

«Già, solo forato. Lei non sa che fortuna ha avuto ad averci trovato. Pensi che ho aperto questa bottega così. Un giorno stavo andando al lavoro...».

«Grazie, molto gentile, devo andare. Una bella storia la sua».

«Arrivederci, torni se ha bisogno».

Una bella storia sì, ma durata così poco. E poi io non so parlare coi clienti. Ci riesce meglio Nas che non è nemmeno italiano, ma lui parla poco, non si perde in chiacchiere.

Era bravissima Alice quando aveva voglia di darmi una mano. Si sedeva lì dietro al piccolo bancone, diciamo nell'ufficio se vogliamo chiamarlo così, e leggeva. Io preparavo le bici e lei leggeva. Quando entrava qualcuno, se non chiedeva di me, ci pensava lei. Sembrava nata per incassare, intrattenere i clienti, farli andare via contenti. E per leggere. Lei era nata per leggere e sognare. Non per andarsene in un letto d'ospedale.

capitolo VII

È successo all'improvviso perché io non sono così intelligente da capire le cose subito, quando vanno capite. Io di solito neppure ci penso alle cose ovvie. Poi un giorno me ne accorgo. È accaduto andando ad aprire la bottega, al mattino, quando sono solo perché Nas non c'è ancora. Ho guardato il cortile, per terra, verso i tombini dove scola l'acqua quando piove. Ho visto la polvere. Ho girato lo sguardo verso il portone d'ingresso che era già aperto. Che a volte sta aperto pure di notte e sarebbe meglio di no perché già un paio di volte hanno provato a entrare in bottega a rubare le biciclette. Per non parlare di quelle che tengo incatenate di fuori.

Mi sono ricordato il giorno che sono arrivato sudato, incravattato, con la bicicletta bucata trascinata a mano. Chissà se Alice mi ha visto entrare mentre stendeva i panni? Chissà perché quella mattina era a casa e non a scuola?

Ho buttato l'occhio sulla casa di Alice e... I giuramenti non valgono quando sono stupidi. Avevo giurato a me stesso che non l'avrei più aperta, la casa. Volevamo farci uno studio per lei, magari un posto per un bambino. Quando ci siamo sposati siamo andati a vivere da me, questione di pochi metri, ma era più grande. Avevo comprato tutto: la bottega, la casa. In fondo aver avuto a che fare con la finanza, l'alta finanza, qualche vantaggio me l'aveva dato: aver messo da parte i soldi per dire sì, sto qui, compro tutto, basta affitto. Anche casa di Alice abbiamo comprato. Tutto. Basta affitti.

Ho visto la casa all'improvviso, come se l'avessi dimenticata. Era chiusa, sbarrata. Poi l'occhio ha raggiunto il cartello che Nas ha appeso alla bottega: «CERCO UNA STANZA O APPARTAMENTO, ANCHE DA DIVIDERE CON STUDENTI, MEGLIO POLITECNICO».

Che coglione! Lui chissà dove dorme e io la casa da affittare ce l'ho qui. Che magari fa anche comodo la notte avere un orecchio in più contro i ladri. Poi gli posso scalare l'affitto dalla paga e viene tutto più facile. Maledetto animo da economista da strapazzo, quello mica lo perdo. Mi è automatico fare i conti, anche quando non mi serve. Comunque, appena è arrivato al lavoro gli ho detto: «Guarda che se vuoi la casa per te ce l'ho». E gli ho mostrato la porta dove viveva Alice.

«Di chi è?».

«È mia».

Mi ha guardato con gli occhi di chi non se l'aspettava. Non mi ha chiesto perché non gliel'avessi detto prima.

«Quanto costa?».

«Non vuoi prima vederla?».

Così siamo entrati. Era tanto che non aprivo la porticina di legno che dava sull'altra, quella a vetri, con le tendine. Serve la porta esterna perché qui siamo al piano terra e Milano non è mica una città dove puoi tenere la casa aperta e magari le chiavi appese. Alice però lo faceva. Aveva una specie di giardinetto davanti a casa. Un fazzoletto di terra poco più grande dello zerbino. Ci stavano lo stendino per i panni e qualche vaso: erbe aromatiche e fiori. Però attorno c'era una specie di bassa ringhiera e un cancelletto alto si è no mezzo metro. Anche un bambino poteva scavalcarlo senza fatica. Ma lei teneva chiuso solo quello e aperte le porte, di giorno e di sera, che uscivano musica di ottoni balcanici – quanto le piaceva quel chiasso che veniva dai paesi dell'Est – e profumi di cucina che sembrava fosse sempre ai fornelli. Roba da casalinga, mentre lei in casa non ci stava quasi mai. Ma, appunto, quando c'era si sentiva.

«Che bello, c'è la cucina separata dalla stanza... Che bagno da re...».

Eccomi, torno in me, giusto in tempo per sentire l'entusiasmo di Nas dentro a quei trenta metri quadri scarsi di casa: cucina, meglio sarebbe dire cucinino, bagno con doccia e stanza con letto grande e parquet norvegese, un piccolo vezzo di Alice.

«Noi qui possiamo viverci anche in dieci».

«Noi al massimo in due».

«Ma tu perché hai questa casa?».

«Ce l'ho, la vuoi?».

Di Alice, a Nas come ad altri, non avevo proprio voglia di raccontare.

«Quanto costa?».

«Quanto vuoi spendere? Quanto vale per te?».

Abbiamo discusso mezz'ora, per non correre il rischio io di passare per ladro, lui per uno che riceveva la carità. Siamo arrivati a quattrocento euro, che forse è poco per un monolocale sulla Martesana a una manciata di metri dalla fermata Turro della metropolitana rossa, ma è più della metà di quello che Nas guadagna lavorando sodo qui da me. Può portarci a vivere chi vuole, se vuole, ma io non voglio problemi e comunque più di tre persone lì non ce le lascio. La denuncia in commissariato sarà anche obbligatoria ma io non ho voglia di andare a fare ancora la figura del cretino perché voglio fare le cose regolari. L'ho già fatto per il lavoro. E tanto basta.

capitolo VIII

«Ha venduto la casa della signora?» gracchia l'Anselmi vedendo che Nas porta oggetti e scatole nella casa, e le finestre e la porta sono di nuovo aperte.

«No, l'ho affittata».

«Speriamo che sia brava gente…».

«Certo che lo è, l'ho affittata a Nas, il mio operaio».

«A chi? Al negro? Pensavo che stesse aiutando per il trasloco».

«No, verrà lui ad abitare qui».

«Certo che a lei la morte della signora le ha dato alla testa, un negro in questo palazzo non s'era mai visto…».

Vedo l'Anselmi che si tira dietro la porta e continua a borbottare. Ma io ho capito bene. E a nulla, temo, servirebbe spiegare che Nas non è un negro, ma uno studente del Politecnico, uzbeco o afgano o quello che è, che lavora per pagarsi gli studi.

A niente varrebbe nemmeno spiegare che quel caseggiato di ringhiera si può chiamare in tanti modi ma palazzo proprio no. Eppure questa è una casa, anzi è un cortile, che dovrebbe sapere cos'è la guerra. Chi sono le vittime. E quanto si dovrebbe essere solidali. In fondo l'hanno messa gli inquilini, quelli sopravvissuti, la lapide che ricorda i venti vicini di casa morti nel bombardamento aereo del 20 ottobre 1944. Anche allora, come oggi, effetti collaterali di una guerra che Milano ha pagato cara. Sono morti in più di duecento, quasi tutti bambini, lo stesso giorno, sotto le stesse bombe, nella scuola elementare di Gorla. Ma questo la signora Anselmi non lo sa. Nas sì, perché mi ha chiesto della lapide e gli ho detto. Poi gli ho domandato della guerra da lui, ma non mi ha voluto rispondere. Mi ha guardato come dire: cosa vuoi saperne tu? Già, che voglio saperne io? Che cosa c'entro se un giorno in un cortile di Mazar I Sharif gli inquilini metteranno una lapide coi morti di qualche errore di guerra? Di qualche bomba intelligente? Faccio il meccanico di biciclette io, a Milano, dall'altra parte del mondo. Ripenso all'Anselmi e, a scanso di equivoci, la denuncia che ho un inquilino in casa penso sia meglio farla. Infilo la camicia bianca e vado in commissariato. A farmi guardar male perché ho affittato a un negro e non l'ho fatto in nero.

Non mi ero sbagliato a pensar male. Tempo due giorni mi è arrivata una lettera dall'amministratore del condominio. Mi contesta la pompa per le biciclette che lascio ogni mattina davanti al cancello perché si sappia che lì c'è un meccanico. E poi, se serve, ci si può anche gonfiare la bici da soli senza dover venire a chiedere e senza farmi perdere tempo. L'avevo visto fare vicino a casa, nella casa della vita precedente, nel negozio di Detto Pietro. Stava sempre lì di fuori, una pompa di quelle a stantuffo, incatenata a un palo della luce perché non la rubassero. A me sembrava eccesso di diffidenza e così le prime le ho lasciate libere, ben in vista davanti al cancello. Quella che è durata di più è arrivata a sera. Allora ho pensato che a me non piacciono i diffidenti, ma gli scemi ancora meno. E ho fissato la catena che lega la pompa al cancello. Quando di giorno il cancello sta aperto la metto, quando lo chiudono la tolgo. Non davo fastidio a nessuno, fino a ieri. Adesso invece sì, tanto che l'amministratore mi "intima" di non esporla più. "Questione di decoro". Poco male, la legherò alla ringhiera del Naviglio. Voglio vedere l'assessore, che è amministratore pure lui, ma di un condominio un po' più grande, che mi scrive dicendo: «Scura, sposta la pompa». Ma mi faccia un pompino, mi viene da dire mentre scorro la lettera. Alice non avrebbe gradito. Mi sembra di sentirla: «Chi parla male, pensa male...».

Ma di questi, francamente, come si fa a pensare bene? Vado avanti con la lettera dove mi si dice che la mia attività è rumorosa e arreca danno ai vicini, mi si chiede di produrre documentazione che "comprovi il corretto smaltimento dei rifiuti industriali", come se la mia bottega fosse un'industria...

C'è dell'altro, questioni di cassette della posta, di partecipazioni alle riunioni di condominio e ulteriori corbellerie. Ma io lo so perché mi è arrivata questa lettera: perché gli ho portato il mondo in casa. Non ne fanno menzione, ci mancherebbe, nessuno è razzista a Milano, figurarci in un caseggiato popolare. Straccio la lettera, in cortile. Butto i pezzetti in giro. Che mi facciano scrivere di nuovo per dirmi che non si butta la carta per terra.

«C'entro io?» mi dice Nas. Sveglio però l'afgano.

«No, Politecnico, tu non c'entri. E poi che fai? Mi spii in orario di lavoro? Forza datti da fare e guadagnati lo stipendio...».

Chissà cosa avrebbe detto Alice a vedere i suoi vicini, i suoi cari vicini, avere paura del negro della porta accanto. La signora Anselmi, a cui Alice non faceva mai mancare un apprezzamento, un sorriso. Tito, l'anziano comunista sempre in cortile sulla sedia impagliata. Oreste, che la sera dovevi metterlo a letto per non vederlo stramazzare davanti a casa pieno di vino.

«Venga Oreste...» diceva Alice, e varcava la soglia di casa sua trascinando quest'omino mezzo addormentato. Lo appoggiava sul divano. Non è mai entrata con lui in camera. Subito partiva il rumore di un dormire potente, capace di tenere svegli tutti d'estate, quando le finestre si tengono aperte.

Alice li amava tutti, quelli vecchi, nel senso di anziani, e quelli nuovi, nel senso di arrivati dopo di lei che, comunque, era un acquisto relativamente recente per il caseggiato di via Tofane. Sapeva parlare Alice, avrebbe convinto tutti con poche chiacchiere e molti sorrisi. Ci fosse stata lei, Nas avrebbe già conquistato il cortile.

capitolo
IX

Non ci siamo mai frequentati. Io stavo da me e Nas a casa sua. Non ci sono mai neppure entrato in quella casa da quando ci è andato a vivere lui. Non so se ha lasciato le cose com'erano o le ha spostate. Se dentro ha degli oggetti del suo paese. Vestiti, soprammobili, fotografie, tappeti, magari un narghilè... Ma perché poi mi viene in mente un narghilè? Mica è turco Nas... Ma in fondo, per me, un po' lo è. Comunque, da lui non ci sono entrato mai.

Neppure so se vive solo. Mi pare di sì, ma a volte mi capita di sbirciare qualcuno che viene a trovarlo e magari se ne parte la mattina. Persone normali mi sembra, vestiti come noi, insomma. Tanto che un giorno che ne ho visti arrivare due con la barba lunga e il sottanone mi sono un po' incuriosito.

«Ha visto?» mi ha detto il signor Brandini. «Ha visto che avevamo ragione? Guardi quei due, sembrano seguaci di quello lì…».

«Quello chi?».

«Sì, quello famoso della televisione…».

«Non ho la televisione».

«Male, è per questo che ci porta qui certa gente».

«Ma insomma, seguaci di chi?».

«Di Osama Bin Laden» scandisce a chiare lettere la signora Anselmi, che arriva sempre a sproposito nelle discussioni.

«Di Bin Laden? Ma li avete visti? Sono due ragazzi».

«Sì, ma con la sottana e il barbone».

«Ma avranno vent'anni».

«E magari sono pieni di esplosivo, hanno le cinture con le bombe sotto la sottana».

«E che ci farebbero qui due così? Non è mica un ministero questo…».

«Lo chieda al suo negro, sono amici suoi, magari anche lui…».

Avrei voluto prenderli a calci nel sedere, il Brandini e l'Anselmi, mandarli via a male parole e fargli rimangiare tutto, ma mi sembravano così stupidi e non sono riuscito a far altro che ridere. E ridevo pure sguaiato, che se ne sono andati dicendo qualcosa della mia sanità mentale.

Comunque quella sera Nas mi ha chiesto se poteva venire da me. A casa. Doveva parlarmi. Gli ho detto di sì, pentendomi subito perché io è tanto che non metto ordine, non pulisco, a volte neppure lavo i piatti e nel frigo ci faccio morire le pietanze.

Ho passato tutta la sera a rendere casa presentabile. È arrivato intorno alle nove e mezza, percorrendo i venti metri che separano casa sua da casa mia. Guardando la bottega lui sta a destra io a sinistra, per andare da una casa all'altra bisogna passare per forza davanti alle biciclette legate tra loro che fanno da schermo, quando è chiusa, alla porta della bottega. È arrivato ben vestito, pettinato, come se due ore prima non avesse aggiustato biciclette, portandomi in regalo una bottiglia di vino. «È vino turco» mi ha detto porgendola.

«Vino turco?».

«Perché, cosa credi, che di là del Bosforo nessuno sappia fare il vino?».

Non era arrabbiato della mia osservazione, anzi era contento di avermi stupito con qualcosa che non conoscevo. Eppure, che stupido io, lo sapevo pure che la vite è nata in Asia, nel Caucaso, in Anatolia, in Mesopotamia, in quei posti che ci sarebbe voluta Alice per dire dove sono.

«E io che pensavo tu fossi musulmano!».

«Lo sono, infatti».

«E allora, come la metti col vino?».

«È per te, so che ti piace, io bevo acqua. E poi sono venuto per chiederti una cosa».

A me il vino incuriosiva da matti e l'ho aperto mentre Nas cominciava a parlare. Era quasi impaziente. Io no, guardavo questo vino. L'etichetta, come le nostre, come tutte, insomma. E poi il nome: *Kavaklidere*, che, leggo bene, è la marca, il produttore. Il vino si chiama *Okuzgozu*, che, leggo ancora, è anche il vitigno che cresce nella regione di Elazig. Mi sembrava di diventare matto, nemmeno Alice li poteva conoscere questi posti. Insomma, lo apro. È vino. Pure buono, un po' troppo occidentale, *internazionale*, come si diceva quando frequentavo amici che si davano arie da intenditori. Non sa di deserto e di cammelli come mi veniva da pensare, ma profuma di ciliegie, di more, lamponi, di prugne secche, di spezie, di legni pregiati... E bravo Nas! Chissà che faccia farebbero di fianco, al ristorante greco, a sapere che qui si beve vino turco... Chissà che faccia faresti tu, Nas, se ti dicessi che questo è vino armeno, non turco, non asiatico. Ecco cosa mi è venuto in mente leggendo l'etichetta. Ma io non so da che parte stai nella geografia dalla quale provieni. Per stasera ti imparo musulmano e mi basta.

capitolo X

«Ho cambiato idea».

Lo dice grave Nas e un po' mi fa paura. Dimentico il vino, che è pure troppo potente per la stagione, e ascolto.

«Non credo più che le Umberto Dei siano così perfette».

«E perché mai?» domando drizzandomi sulla sedia.

«Per via del telaio».

«In che senso?»

«È acciaio e oggi le biciclette, quelle belle, hanno tutte il telaio in alluminio. Per non parlare del carbonio e del titanio. L'alluminio è più leggero dell'acciaio».

«Ma che ti sei bevuto il cervello? A te fa male andare al Politecnico. E poi non le vedi le bici moderne, quelle che ci portano ad aggiustare? Adesso ascoltami bene...».

Mi appoggio al tavolo, alzo gli occhi con calma, fisso quelli di Nas, che non si aspettava una reazione come questa: «I telai in alluminio non sono più leggeri di quelli in acciaio. Forse lo sono quelli da corsa, ma io non mi occupo di bici per correre. E la Umberto Dei non corre, va lontano».

«Ma l'alluminio ha un peso specifico di circa un terzo dell'acciaio...».

«Certo, ma offre anche un terzo della robustezza rispetto a un acciaio, non a quello dolce intendo, a quello altoresistenziale, come quello che fanno in Svezia per capirci. Ovvero, ci vuole una quantità tre volte maggiore di alluminio per avere un telaio robusto come quello in acciaio».

«Ma tu come fai a saperlo?».

«Me l'ha insegnato Luigi. Ci fosse stato lui al Politecnico. Cioè, Luigi mi ha insegnato a non fidarmi delle apparenze, ad andare a fondo. A guardare altre strade. Lui che conosceva solo la strada di casa la sera».

«Chi è Luigi?».

«Non importa, ascolta: l'alluminio non lo usano perché è più leggero, ma perché è più dolce, è più semplice da lavorare. È più facile e veloce da estrudere, da laminare… Insomma, costa meno e ci si possono fare anche tutte quelle lavorazioni che fanno i telai pirotecnici che sembrano pronti per una parata in discoteca. Sai, tutte quelle forme strane e moderne, quei tuboni…».

«Ma se costa meno, che male c'è?».

«Nessuno, però qui sta la truffa: siccome è più morbido, perché il telaio non fletta se ne deve usare di più e pure lo spessore dei tubi deve essere maggiore, anche per poterlo saldare in maniera industriale. L'acciaio buono va saldato a mano. E poi l'alluminio non è flessibile come l'acciaio, non fa da molla, se prende una botta ne mantiene la memoria finché si rompe».

«Ma con l'alluminio si fanno gli aeroplani».

«Ah, è questo che ti ha incantato? Certo, gli aerei sono di alluminio e volano per più di mezzo secolo, ma sono studiati e mantenuti come si deve. Se guardi l'ala vedi un sacco di rivetti, ma nemmeno se piangi ci trovi una saldatura, perché a saldarlo bisogna lavorare di fino, troppo di fino. Nelle biciclette, che non devono volare, non lo fanno, è tutta pubblicità; dicono che sono d'alluminio, sfruttano la fama di un metallo buono e ti rifilano un telaio che in Cina costa magari dieci euro. L'acciaio è il mito, credimi Nas. Il mito, come Umberto Dei».

Non so se l'ho convinto, ma l'Okuzgozu, o come diavolo si chiama quel vino, a un certo punto mi ha preso un po' la mano. E mi sentivo che urlavo, quasi inveivo, la superiorità dell'acciaio, la magia dell'acciaio altoresistenziale ottenuto dal minerale puro, non dai rottami. E non so nemmeno se quello che gli ho detto è tutto vero.

A dirla tutta, non ho neppure idea di dove l'ho imparato, forse mescolando nel tempo biciclette, curiosità per le cose del mondo ed economia. So però che a me danno fastidio quelli che si fanno fregare dalla pubblicità. Prendila in spalla una Umberto Dei, non pesa certo più di queste biciclette moderne, tutte colorate, coi molloni, trenta cambi e un'infinità di stupidi e inutili accessori. Mi sono svegliato che era quasi l'alba, con la bottiglia finita. Nas era già andato.

capitolo XI

Sono uscito. Quella discussione sull'acciaio mi aveva messo di malumore. Per poco però, perché l'alba sulla Martesana è dolce e accarezza chi ci abita. Sono andato verso il ponte della ferrovia, con l'occhio rivolto agli orti sull'altra sponda. Se c'è un miracolo a Milano, oggi, sono quei pomodori che crescono a ridosso dei condomini, quelle insalate curate come fossero figlioli dai pochi fortunati che posseggono uno zerbino di terra affacciato al Naviglio. Mi sono chiesto spesso che sapore possono avere degli ortaggi strappati alla metropoli. Ma quella mattina ho visto altro, un cinese con la canna da pesca.

Non era la prima volta, ce ne sono che vengono a pescare sulla Martesana. Non solo cinesi, anche rumeni, russi e pensionati dei nostri, tutti alle prese con galleggianti che affondano quando qualche pesciotto abbocca. Poco più che un passatempo.

La differenza è che il cinese di questa mattina ha la canna da pesca piegata all'inverosimile e segue la ringhiera del Naviglio mentre dall'altra parte un pesce cerca di inabissarsi sotto le fronde ombrose degli alberi che spuntano dalle zone non coltivate. Non pensavo che potesse esserci un pesce di grandi dimensioni. Anzi, a dirla tutta, prima di vederne catturare uno, non pensavo potessero esserci dei pesci a Milano. Ecco invece che questo tira e molla tra il cinese e il suo avversario mostra una carpa, proprio una carpa, avvicinarsi verso riva. Arriva trafelata una ragazza, pure lei cinese, con in mano un grosso guadino, un retino legato a un lungo manico. Probabilmente è corsa a prenderlo quando la carpa ha abboccato. Eccolo qui il nostro pesce. Sarà cinque o sei chili. Non so. È grossa e boccheggia appoggiata alla pavimentazione lungo il Naviglio. Aspetto che il cinese la rilasci, la liberi. Oggi fanno così i pescatori. Ma lui la mette in un sacco e la appoggia sulla bicicletta, sul portapacchi, quello grande che una volta usavano i postini. Legge il mio sguardo ed esclama sorridendo: «Polpette!». Polpette di carpa stasera. Se ne vanno contenti, lui e la ragazza. Non sono neppure le sette del mattino.

Porteranno il pesce in qualche casa piena di cinesi, lo lasceranno lì e andranno da qualche parte a lavorare. In qualche ristorante. In un laboratorio clandestino. Penso allora a Luigi, che a Ferrara andava a pescare nel Po di Volano che quando ero ragazzo non faceva schifo come oggi. E, a volte, in bicicletta, nel canale della bonifica, non so quale. So che andava lontano e portava carpe, tinche e anguille. Raramente un luccio. E per lui era festa. Ho pescato anch'io a lungo, in tutte le mie vite. Poi un giorno ho smesso.

Ero stanco di vedere i fiumi sempre più poveri d'acqua e con quella che rimaneva sempre più sporca, sempre più inquinata. I pesci non si potevano più mangiare e io non avevo voglia di dar loro fastidio solo per divertirmi. A me piace portare in tavola quello che catturo. Ma forse sono solo diventato viziato, tutti siamo diventati viziati, a dirci che non si possono più mangiare i pesci. L'inquinamento uccide e la carpa del cinese era ben viva. Lui se la mangia perché non tutti in questa città possono permettersi di non mangiare i pesci inquinati. Nella seconda metropoli italiana.

Adesso sento che ieri ho bevuto troppo di quel vino turco e torno a casa. È ora di colazione. Poi si apre bottega, che anche oggi di lavoro non ne manca.

capitolo XII

Ho cominciato da subito a preparare la bottega. Dal primo giorno. Ho svuotato tutto. Lo sa Dio cosa c'era lì dentro, gli strati di dieci mondi, di ogni genere di attività, di ogni passaggio. Non si poteva certo dire che non fosse un luogo vissuto. Ci ho trovato persino giornali degli anni Cinquanta a proteggere il pavimento dove sopra verosimilmente erano stati dei mobili, dei banconi da lavoro, non so nemmeno io cosa.

Poi immondizia e calcinacci, pietre, sassi, mattoni, ferri, bidoni vuoti di solventi e di vernici, una rete da letto bruciacchiata al centro, nemmeno l'avessero usata per grigliare due bistecche. Portavo fuori, mettevo in cortile, mi bruciavano gli occhi perché la luce era intensa mentre dentro c'era solo una lampadina da trenta candele lasciata lì da uno dei tanti occupanti del passato. Stavo sbattendo le palpebre e sentivo la polvere che si era infilata dentro la camicia, appiccicata alla pelle, incollata alla barba e sulle labbra, sparsa tra i capelli. Sudore e polvere. Caldo e troppa luce.

Lì ho sentito la voce di Alice che mi chiedeva se volevo una cedrata.

«Una cedrata? Ma da che secolo provieni?».

Lei ha spalancato gli occhi chiari – verdi? azzurri? bigi? Cambiavano colore a ogni mutamento del tempo e dell'animo – e mi ha chiesto: «Perché?».

«Non si beve più quella roba».

«A me piace».

«Anche a me, ma è introvabile...».

«Cosa dici? Io la compro al supermercato».

Sono anni che non ho più tempo di andare al supermercato o in un negozio qualsiasi, avrei voluto rispondere, ma ho taciuto. Aveva ragione lei: la cedrata Tassoni non era scomparsa, ero io che ero scomparso dalla vita di tutti i giorni, dalla spesa al supermercato. Ho detto grazie quando mi ha porto il bicchiere da sopra la piccola ringhiera che chiudeva il suo fazzoletto di orto-giardino all'ingresso di casa. Le ho sfiorato la mano perché sono astigmatico e le misure le prendo male.

Ho sentito che c'era qualcosa, qualcosa di speciale che si avverte di rado quando ci si tocca una mano. Così mi sono fermato. Lei mi ha guardato ed è scoppiata in una grande risata, di quelle capaci di seppellire un bisonte e normalmente in grado di farmi vergognare in eterno. Invece non ho provato imbarazzo. Ho riso anch'io, a crepapelle, come un cretino. Un cretino pieno di polvere con una cedrata in mano una sera di maggio in via Tofane 5 a Milano.

Da quella risata ho iniziato a essere felice. Il resto è stato così naturale. Ovvio, mi verrebbe da dire. È stato ovvio essere invitato a cena e accettare, altrettanto ovvio baciarsi davanti alla porta di casa. E poi tutto quello che è seguito. Una storia d'amore normale, ma col cuore, il mio, che batteva a mille. A dirla tutta non mi sembrava proprio possibile che una donna così bella, una ragazza giovane, attraente, simpatica, intelligente, insomma, quello che uno ha sempre messo nei suoi sogni da ragazzo... beh, che una così si innamorasse di me che ormai ero grande, un omaccione non più giovane, poco incline al sorriso, con un po' di pancetta e non certo bello. Di tante qualità che ho forse avuto, la bellezza proprio no.

Eppure è successo e non mi prendeva in giro, nemmeno quando mi diceva che si era innamorata di Umberto Dei. A me la bicicletta – tutte le biciclette, ma in particolare quella bicicletta – mi aveva salvato la vita, mi aveva portato qui. E qui mi ero innamorato follemente di Alice, dell'Alice, come la chiamavano nel palazzo. "Scuffiato" come un ragazzino, anche se non ne avevo più la faccia e, lo ammetto, nemmeno il fisico.

Sì, perché a star dietro a una che ha quindici anni di meno ci vuole un fisico bestiale, come quello della canzone. Non per il sesso, no, quelle sono cose private e vengono bene a tutte le età. No, proprio per la vita di tutti i giorni, per correre in giro la sera dopo una giornata in officina, per il cine, per gli amici, per lo Zelig, per i progetti – madonna mia quanti! – di vacanze, di bambini, di vite future, prossime, venture.

Alice era un vulcano e io le ho chiesto di sposarmi. Mi sono sentito anche un po' cretino a dire il vero, ma l'ho voluto fare. Gliel'ho detto, avevo anche pensato a una cosa tipo l'anello, ma uno con la mia storia ha un limite nel rendersi ridicolo. O patetico. Niente anello, ma un discorso serio e pensato. Lei mi ha guardato e mi ha chiesto: «Perché? Non stiamo forse bene così?».

Via, il sogno a pezzi. Mica lo sapevo io il perché, non ci avevo pensato proprio, mi sembrava bello e basta. Ho tirato a caso: «Perché non l'ho mai fatto».

Lei mi ha guardato stranita con gli occhi che cambiavano colore e ha detto: «Saranno contenti papà e mamma».

Ai miei, a proposito, neppure l'ho detto che mi sposavo. Siamo così lontani, dalla sera in cui papà ha detto alla polizia che avevo passato la notte lì, da loro, ma invece ero stato altrove. «Cos'hai fatto? Dove sei stato?». Mi guardava con quell'aria dottorale, ma sotto, a ripensarlo oggi, era solo un uomo pieno di paura. È vero, ho fatto paura anche a mio padre. Anche a me, se ci ripenso. Ma non gli ho risposto allora. E non gli ho detto mai che mi sono sposato con Alice. A rivedere le cose oggi ho fatto bene, che magari i miei si affezionavano e poi, zac!, lei moriva in tre mesi. Come è successo davvero. Però è successo a me. Anzi, a lei.

capitolo

XIII

«Capo, ti cercano».

«Puoi fare tu Nas, che sono impegnato con questa Brooks che non vuole proprio saperne di tornare in forma...».

«Ma cercano proprio te».

«Chi è?».

Che mi prenda un colpo! Non faccio a tempo a girarmi che sento già la voce di Andrea: «Ma allora è vero che fai il meccanico... Quando me l'hanno detto non volevo crederci. Ma come, uno come l'Arnaldo come minimo doveva essere andato in Sud America a fare il rivoluzionario...».

«Smettila e vieni dentro». Parlo che nemmeno ho voglia di alzarmi. Non l'ho ancora guardato ma so che avrà quella faccia impertinente di sempre, di uno che ti è amico per forza, perché lui l'ha deciso, anche se tu non glielo chiedi. Anche se tu non vuoi.

«Ma che schifo, che puzza, cosa stai facendo?».

«Sto cercando di ridare vita a questa vecchia Brooks...».

«Cos'è una *bruxs*?».

«Una sella, la migliore, quella che montano le Umberto Dei. Sellone in cuoio con sotto le molle, puoi farci il giro del mondo, ma non devi far seccare la pelle perché è viva. Devi tenerla morbida, ingrassata, sempre».

«Sì, perché quelli che vanno in giro con queste biciclette qui, poggiano il culo sul grasso, secondo te».

«Ma no, il grasso si dà dietro, dall'altra parte, e la sella si ammorbidisce nel verso giusto, quello della seduta».

«Ehi, ma sei diventato davvero uno che ne sa di biciclette».

«Ne ho sempre saputo io di biciclette». E sputo per terra mentre lo dico. Non lo faccio mai, quasi mai, ma adesso mi è venuto naturale, senza neppure pensare a Luigi. È stato un attimo, ho sputato, che mi fa pure schifo, e ho alzato gli occhi.

Non l'aveva cambiata quella faccia da so tutto io, l'aveva solo ripulita, questo sì, da quell'inutile barbetta da capra con la quale lo ricordavo. Per contorno, camicia e pantaloni. Per lo meno non è in divisa. Sì, perché Andrea, quando ho pensato – e l'ho pensato – che fosse passato dall'altra parte e ho creduto che fosse diventato un poliziotto, me lo sono sempre immaginato con la divisa. E invece eccolo qui, con l'insolenza di sempre, appesantita da trent'anni di più.

Mi sono stupito anch'io di averlo riconosciuto subito. Dopo tanto tempo e solo dalla voce. Ma io sapevo che quella voce prima o poi l'avrei risentita e così è stato naturale riconoscerla mentre entrava nella mia officina. Beh, le amicizie si onorano, anche quelle scomode, penso tra me, mentre mi alzo in piedi, lo guardo, adesso sì, negli occhi e gli dico: «Non posso abbracciarti, sai, per via del grasso. Come mi hai trovato?».

«Ho parlato di te con qualche amico che mi ha detto che facevi il meccanico. Poi ho guardato sull'elenco del telefono, sei lì, nome e cognome. Non sono mica centotrenta gli Arnaldo Scura a Milano. Ci sei solo tu, per l'esattezza. Certo che trovarti ridotto così...».

«Mi trovi tanto invecchiato?».

«No, non dicevo a vederti... Ma questo lavoro da... da...» e guarda Nas per farmi capire.

«Buongiorno professore, non mi riconosce? Non l'ho salutata quando è arrivato perché mi sembrava...». Non finisce la frase, Nas. Andrea lo guarda e dice: «Nagibullà, ma cosa ci fai tu qui?».

A me scappa da ridere perché è la prima volta che sento chiamare Nas per cognome e suona così male in bocca ad Andrea che non riesco a trattenermi. A nessuno dei due piace che si rida di loro, ma io lo faccio per gusto, non per loro. E non m'importa. Ho un mestiere da negro e rido, col prof dell'università e col figlio del maragià, che fa rima con Nagibullà... Sant'iddio, mi sto sbellicando dalle risate, non sto nella pelle, mi vibra la barba, mi tremano gli occhiali sul naso. Anche Andrea comincia a ridere, spalanca la bocca, dice cose stupide tipo non sei cambiato e mi dà pacche sulle spalle.

Trovo il fiato per dire: «Scusaci Nas» ma lui sta appendendo le camere d'aria e non ha voglia.

«Dai, non prendertela così».

«Non me la sono presa».

«Figuriamoci. Ma tu vieni all'università in Italia per andare a scuola da Andrea?». Adesso sono io che affondo, altro che mestiere da negri.

«Arnaldo, smettila dai, che mi hanno dato anche la cattedra».

«In cosa, in fanfaronate?».

«Guarda che non è andata come pensi tu».

«Perché, io come penso sia andata? Quando ho sentito la tua voce ho pensato che fossi venuto ad arrestarmi».

«Arrestarti?»

«Già, ho pensato in tutti questi anni che tu fossi entrato in polizia, nei servizi segreti, non so in che cosa».

«Ma insegno ingegneria».

«Quindi dovresti saperne anche tu di biciclette».

«Vaffanculo».

«A te».

Adesso sì, eravamo gli amici di sempre. Di venti e più anni prima. Con un testimone che non capiva, che non poteva capire e contava le camere d'aria. Io invece non capivo perché Andrea era venuto a cercarmi. Per amicizia, solo per quella, non ci siamo cercati mai. Era una sorta di tacito accordo. Lasciarci in pace. Io, almeno, l'avevo sempre pensata così.

capitolo XIV

Andrea Scaramagli era il mio amico migliore ai tempi del liceo, a Ferrara. Non il mio migliore amico, ma proprio come ho detto, l'amico migliore, quello che è sempre più bravo in tutto. Studio: sapeva qualsiasi cosa e meglio e il pomeriggio era sempre libero, mai mezz'ora sui libri. Ragazze: lasciamo perdere, tutte dicevano che era uno da evitare, ma credo che nessuna l'abbia evitato mai.

Se diceva una bugia lui gli credevano tutti, se faceva impennare il motorino erano applausi, se lo facevo io sgridate e rampogne. Quando abbiamo cominciato a occuparci di politica eravamo ancora al liceo. Beh, lui sapeva sempre tutto: chi erano i maoisti, i trotzkisti, i marxisti leninisti, quelli di avanguardia operaia, lotta continua, emmellesse, autonomia, circoli del proletariato... Non che sapesse solo le differenze ideali e ideologiche, a volte così sottili e impalpabili, no, lui conosceva tutto: organizzazione, leader, organigramma, militanti, amici, parenti e conoscenti. Pareva un'enciclopedia dell'ultrasinistra.

Quando io, un po' per farmi bello un po' perché mi piaceva davvero, gli ho detto che ero anarchico, lui mi ha chiesto: ma che specie di anarchico? Anarchista, individualista, insurrezionalista... Mi sono subito arreso.

Non ero invidioso di Andrea, non lo sono mai stato: lo subivo. A volte lo detestavo, come oggi, quando dopo tanti anni l'ho sentito entrare in bottega. Non riuscivo proprio a sopportarlo. Altre volte ero ammirato dal fatto che lui potesse tutto, o quasi. E potendo tutto, stava come me, dalla parte dei poveri, degli operai, dei disadattati, di quelli che non possono niente. Più spesso ci volevamo semplicemente bene, perché di amici affiatati come noi ne ho visti davvero pochi in giro. Alla fine del liceo si trattava di scegliere l'università, perché era chiaro che per quello avevamo studiato. La Bocconi l'ho scelta per far vedere a tutti che potevo farla. Ma soprattutto perché volevo andare a Milano, a studiare con Andrea, che si era già iscritto al Politecnico.

Insomma, avevo solo l'imbarazzo della scelta di cosa studiare. Dove, l'avevo deciso già. Anzi, l'aveva deciso lui.

Perché due studenti scapigliati ferraresi siano finiti in questa città a far studi così difficili, me lo sono chiesto spesso.

Perché ci siamo avvicinati ai movimenti clandestini quello no, non me lo sono domandato mai, era una conseguenza. Era ovvio. Come, più tardi, aprire questa bottega o innamorarmi di Alice.

Ci sono cose che si fanno con una naturalezza inspiegabile, perché sono scritte nel libro del proprio destino. O solo perché piacciono di più e viene più facile farle. Non lo so, ma dovessi dire che ho deciso io direi una bugia. Io ho scelto, questo sì, ma non ho deciso.

Sono stati anni di una vita impossibile quelli dell'università: alla Bocconi non puoi sbagliare un colpo, non puoi lasciare indietro un esame. Quindi trottavo, anche per guadagnarmi la stima di non so bene chi. Volevo farcela. E allo stesso modo volevo abbattere il sistema che studiavo, che odiavo.

Cioè, non era proprio così. Nel senso che l'economia sui libri non è sporca di sangue, non ha la faccia dei bambini affamati. Gli esuberi non sono persone disperate perché tornano a casa senza lavoro e non sanno come pagare l'affitto. Sono conti, sono numeri di un gioco che ha un fascino grandissimo. Basta astrarlo, non farlo puzzare di sudore o di minestra. Allora in quest'astrazione a me piaceva quello che studiavo, piaceva eccome. Ma poi, fuori, sapevo che l'economia impediva alla gente di vivere, di farlo nel modo che pensavo fosse giusto. L'economia impediva ai barboni di lavorare, ai lavoratori di avere una casa, alle madri di crescere i figli, di farli studiare come i figli dei ricchi. Insomma, le cose che pensi all'età in cui sai che il mondo è diviso in classi e che le classi non sono più quelle del liceo. E la rivoluzione, la contestazione, la piazza erano state messe a tacere dando la droga ai giovani e la televisione alle mamme.

Era sparito il proletariato, quella bella parola scomparsa perché oggi a essere proletari, nel senso di mettere al mondo della prole, a Milano, ci vuole un coraggio da leoni. O devi venire da una altro mondo, come tutti questi che portano qui le biciclette e le chiamano ognuno con una lingua diversa. O devi venire da un'altra vita, come me, che di figli con Alice avevamo progettato di farne un botto. Noi sì che saremmo stati proletari. E felici.

capitolo
XV

«Ti ho cercato perché volevo vedere come stavi, cosa facevi. Sì, lo so che può sembrare stupido, che potevo farlo tanti anni fa, eccetera eccetera eccetera. Lo so».

«No, vent'anni fa non l'avresti fatto. Ti avrei ucciso».

«Perché?».

«E me lo chiedi anche?».

«Forse c'è qualcosa che dovremmo raccontarci».

«No, non voglio sapere come è andata. Non più. Tu fai il professore e io riparo biciclette e le restauro anche, non tutte, le più belle, le Umberto Dei in particolare».

«Sì, me l'ero dimenticato, questa di Umberto Dei era una tua fissa già da ragazzo».

«Non è una fissa, è la mia bicicletta». E nella penombra in fondo all'officina gliela mostro, quella di sempre, in tutta la sua semplicità e magnificenza.

«Non l'hai cambiata mai?».

«Non l'ho cambiata mai».

«Nemmeno io ho cambiato idea in questi anni».

«Però sei scomparso».

«Allora ti racconto...».

«No, oggi aggiusto biciclette e sei vuoi ti invito a cena. Ma non voglio sapere».

Me lo sono chiesto per tanti anni che cosa fosse successo quella sera che è cambiato tutto.

Ci avevamo messo del tempo a farci prendere in considerazione tra le cellule combattenti clandestine che erano sopravvissute ai pentiti e alla lotta al terrorismo. Era difficile fare ancora i rivoluzionari a Milano nei primi anni Ottanta. Nessuno voleva più la rivoluzione. Il sistema andava bene anche al proletariato.

La gente ci pensava terroristi e non capiva che ci stavano costruendo addosso questo mondo che oggi ci schiaccia tutti quanti. Noi sapevamo di avere ragione. Di avere le nostre ragioni. E forse, a pensarci oggi, avevamo anche l'illusione romantica che il popolo ci avrebbe alla fine capito. E seguito. Non lo so. Andrea guidava il nostro gruppo.

Eravamo autonomi da tutte le organizzazioni. Conosciuti, ma autonomi. Fuori dai dibattiti, fuori dagli schemi, anche. Dovevamo compiere un'azione che ci mettesse al centro del Movimento. Dovevamo farci conoscere, far capire che facevamo sul serio. Dare l'esempio.

Abbiamo passato pomeriggi e giornate a pensare a un obiettivo, a seguirlo, individuarne le mosse, pedinarlo. Un simbolo. Colpirne uno per educarne cento.

Lavoravamo in silenzio, fuori dall'università. Abbiamo organizzato l'agguato, preparate le armi, studiata la logistica: in pieno centro a Milano, in bicicletta, in modo da dileguarci in un batter d'occhio. Anche lì mi ha portato l'Umberto Dei, nei pedinamenti quotidiani, nell'annotare ogni movimento, nel sapere come e quando colpire.

La sera del giorno giusto eravamo tutti ai nostri posti. Pronti, armati, convinti. Solo Andrea non arrivava, lui che doveva coprirci dal lato verso l'ingresso della metropolitana, dove impedire, se fosse stato necessario sparando, che cominciassero a inseguirci da lì. Era il momento di entrare in azione. Lui, il nostro obiettivo, sarebbe arrivato a casa di lì a poco, come tutti i giorni, ma Andrea non si vedeva. E neppure lui, il bersaglio, di solito così maniacale nel seguire orari e percorsi. Sentivo che qualcosa stava andando storto, stava andando male. Guardai Barbara, pronta al suo posto, Antonio, Francesco. Mancava Andrea.

Io avevo preso quella strada, facevo quella vita, compivo quella scelta, sentivo il freddo del calcio di una pistola solo per Andrea, che per anni mi aveva spiegato perché. Fino a convincermi. E lui non c'era, non arrivava. Non sarebbe venuto. E neppure il nostro uomo, quello da colpire per educarne cento, rispettava gli orari di sempre. Cazzo, cazzo, cazzo... L'ho pensato cento volte.

A un passo dalla rivoluzione tutto sembrava andare a rotoli. Non so se l'ho visto, ma mi è sembrato di intravedere un poliziotto in divisa nel buio della scala della metropolitana. Lo ammetto, ho avuto paura. Mi sono visto messo in carcere, come un delinquente. Non avrei saputo cosa dire a mia madre. A mio padre neppure. E non riuscivo proprio a immaginarmi in questura, a dire mi dichiaro prigioniero politico. Di quale politica? A poco più di vent'anni. Ecco, in un attimo mi sono sentito cretino. Un cretino con la pistola.

Il tempo era scaduto: ideologo e obiettivo si erano dileguati e forse anche noi sarebbe stato meglio che ci togliessimo di torno. Ho dato la prima pedalata, poi la seconda, sono passato di fianco a Barbara, le ho detto che era meglio andare, seguire il piano che avevamo preparato se le cose si fossero messe male. In tre secondi ognuno di noi scivolava in bicicletta su percorsi diversi. Veloci, allenati, ciclisti inosservati.

Il piano di fuga prevedeva un incontro in una vecchia cascina vicino a viale Forlanini, uno sputo per pedalatori esperti come noi, facile, perché bastava uscire dalla città da piazza Cinque Giornate e corso XXII Marzo. Sì, l'avevo preparata io la mia brigata in velocipede e ne ero orgoglioso. Nonostante il fallimento. E quello che non riuscivamo a capire. Senza Andrea ci siamo scoperti più spaventati e meno rivoluzionari. Francesco ha provato a dire: «Rimandiamo a domani». Ma noi, tutti, si sudava freddo. E qualcosa non aveva funzionato.

Prendemmo insieme la decisione che tutto era troppo pericoloso. Così sono andato io, con l'Umberto Dei. Quindici chilometri che era già sera per arrivare a Truccazzano e lasciare le pistole in una borsa nel canale Muzza. L'acqua le avrebbe portate in Adda o dove voleva. Era il luogo migliore per disfarsene. Hanno arrestato altri compagni quella notte, per altri fatti, per altre azioni. Si sono accavallati notizie e avvenimenti. Sono accadute cose di sangue anche. Ma io non ho voluto sapere più niente. La mia rivoluzione era finita: col tradimento di Andrea e con le pistole scaricate di notte in fondo alla Muzza.

Ci siamo cercati, ritrovati. Ci siamo sentiti persi e braccati anche. Barbara, Antonio, Francesco, tutti abbiamo avuto la polizia in casa, tutti siamo stati fermati, tutti ce la siamo cavata per un pelo, per il rotto della cuffia, per una bugia di mio padre che ha detto che ero a Ferrara, a casa, la sera che scaricavo gli strumenti del nostro fallimento nelle acque impetuose del canale.

Abbiamo capito che ci aveva portato Andrea sulla soglia della lotta armata e che le armi, senza Andrea, non servivano più. Neppure la lotta serviva più. Il mondo ci stava cambiando intorno e io dovevo laurearmi. Ma allora ho pensato che non ci avessero arrestato per un colpo di fortuna, traditi da Andrea. L'unico che non ci ha cercato più. E noi abbiamo tutti avuto paura di chiamarlo per non finire in trappola. Un'amicizia a rotoli in una sera. Una carriera di rivoluzionario gettata nella Muzza assieme agli attrezzi del mestiere.

Certo, ho continuato a vedere cosa accadeva intorno a noi, anche a frequentare qualche compagno. Studiavo e cercavo uno sbocco politico, sono andato pure a Comiso un'estate, ad accamparmi contro le testate nucleari, contro i missili, contro gli americani. Ma la rivoluzione, per me era un'altra cosa: finita nella Muzza, tradita da Andrea. Oggi che me lo vedo davanti penso che forse è andata in un altro modo, ma non lo voglio sapere. Se Andrea fosse venuto quando c'era Alice gli avrei detto che era meglio vedersi altrove, sarei andato con lui in qualche luogo più sicuro e mi sarei fatto raccontare. Oggi che importa?

«Ti fermi allora a cena?».

«Sì, volentieri, ma non mangio carne».

«L'importante è che bevi vino».

«Quello sempre».

capitolo
XVI

Siamo arrivati a una strana età, tutti reduci di qualcosa. Andrea viveva con una sua studentessa. Col tempo è cresciuta ed è diventata madre dei suoi figli. Poi un giorno se n'è andata, figli compresi. Almeno così racconta lui. E Andrea si è sentito solo, perso. La vita da prof universitario gli è crollata addosso, inutile e noiosa. Ha sentito il bisogno di uscire e ha scoperto che intorno non c'era più niente e più nessuno. Abbiamo fatto tutti più o meno in questo modo.

Finiti i sogni, la politica e l'università abbiamo preso delle strade per dimostrarci qualcosa. Almeno io. Ho deciso di astrarre l'economia, non farla puzzare di sudore, minestra, vino vecchio, malattia, ma farla diventare il mio rifugio: il luogo dove essere il più bravo. Così ho iniziato a occuparmi di finanza. Ho indossato la divisa da pinguino e ho fatto carriera. Ho fatto strada.

Per fortuna c'è stata la bicicletta a tenermi ancorato alla vita, a portarmi tutti i giorni in mezzo alla gente e anche a farmi fermare qui quella mattina di primavera del 2005. Andrea non riesce neppure a pensarlo, che la sua Federica la vita con lui la considerasse noiosa. Tanto meno si capacita che se ne sia andata via con uno che sta in Australia quasi tutto l'anno e si occupa di barche e di turisti.

«Questa è la mia vita, mi ha detto».

Mentre pronuncia le parole della moglie che se n'è andata mangia gli spaghetti e butta giù un bicchiere di Riesling dietro l'altro. Mescolare le cose a volta aiuta.

«Buono questo vino. Fresco...».

È contento di essere a casa mia, ci ha messo quasi trent'anni a farsi vivo, ma è contento. Io meno, perché pensavo che non l'avrei incontrato più e avere pezzi di vite precedenti che mi vengono a trovare non mi fa proprio piacere. Lo ammetto, già la vita di oggi mi è più che sufficiente.

«Da quando l'arabo lavora da te?».

«Ormai è un po' di tempo, si chiama Nas, non è arabo e abita qui di fianco».

«Davvero? Vallo a chiamare...».
«Ma dai, è tardi».
«Ma sì, fallo venire qui che ci fa compagnia».

Non ho mai bussato la sera a casa di Nas, non mi sono mai preoccupato di come vivesse. Gli scalo l'affitto dallo stipendio e questo mi basta. Ma Andrea ha questo potere di farmi fare qualunque cosa. Credo ci provi gusto a mettermi in imbarazzo. Almeno, quando eravamo ragazzi era così. Comunque sono andato a casa di Nas, ho bussato, ha domandato qualcosa non so se in arabo, in uzbeco o in pashtu, che, mi ha detto, è la lingua dei suoi genitori, anche se le terre dei pashtun sono lontane da quelle di Nas. Un bel miscuglio. Comunque, ha parlato in un modo che io non capivo. Ho risposto. Ha aperto, girando la chiave, con lo sguardo interrogativo di chi è stato scocciato.

Seduti per terra sul tappeto nella stanza all'ingresso, anzi, se ho visto bene, sui cuscini, c'erano altri due ragazzi, di quelli con la gonna e la barba lunga, quelli che avevo già visto da quelle parti. In mezzo ho visto una mappa, una carta, una pergamena, un qualcosa che stavano ripiegando. Ho detto «buonasera». Mi hanno risposto gentili.

«Scusami, non volevo disturbare, è Andrea, il professor Scaramagli, che mi ha chiesto di invitarti con noi».

«Un'altra volta, volentieri. Anche perché il professor Scaramagli è quello che mi aveva convinto della superiorità dell'allumino sull'acciaio».

Sembrava un libro quando parlava Nas, un italiano impeccabile, imparato davvero in poco tempo. Suonava flautato quel *volentieri*. E, giustamente, non richiedeva repliche.

«Buonanotte allora».

«Buonanotte».

«Non può venire» dico ad Andrea, che mi guarda interrogativo quando rientro in casa. «Mi ha detto che sei tu che gli hai messo in testa quelle cose sull'alluminio che è meglio dell'acciaio...».

«Quali cose?».

«Vabbé, lasciamo perdere Andrea».

«Con l'alluminio si costruiscono gli aeroplani...».

«Ecco, proprio questo discorso».

«Ma perché sei tanto fissato con le biciclette?».

«Perché mi hanno salvato la vita».

«Non fare lo scemo».

«Perché sono il mezzo di trasporto del futuro, allora».

«Del futuro? Vorrai dire del passato».

«Di sempre, Andrea. La bici è il meccanismo più semplice e sofisticato mai costruito. È praticamente uguale a se stessa da quando è stata inventata. Oltre un secolo di storia senza cambiare nulla, se non i materiali. Muove milioni e milioni di persone ogni giorno, sulle strade di tutto il mondo, senza inquinare, senza richiedere carburante. Porta ovunque uomini, donne, bambini. Impari a usarla una volta e non te lo dimentichi più. Chiunque può metterla a posto, aggiustarla...».

«Non è vero, sennò tu a cosa serviresti?».

«Io servo perché la gente non ha tempo, non ha voglia o non ha gli attrezzi. Ma tutti possono fare il mio mestiere. La bicicletta è indistruttibile. Dura in eterno. Solo una cosa se si rompe non si aggiusta più: il telaio. Per questo dev'essere robusto ed elastico. In acciaio. Per non rompersi. Non a caso io lavoro su biciclette degli anni Trenta, che considero ancora le migliori. Non c'è niente da inventare nella bicicletta, c'è tutto da sempre. Ci sono materiali nuovi, ma quelli che vengono dalla natura, dalle miniere, dal sottosuolo, rimangono i migliori. I grandi acciai, per capirci. Nelle bici di oggi c'è poi qualche accessorio nuovo, ma non è mica come l'automobile che ha gli alzacristalli elettrici, l'aria condizionata, l'airbag, il navigatore satellitare, l'impianto stereo... Nella bicicletta puoi aggiungere al massimo i fanali a batteria, ma sbagli perché con le dinamo e i vecchi fari Radius al buio non rimani davvero mai... E anche un semplice cambio del passato come gli incredibili Fichtel&Sachs a tre rapporti o i mitici Campagnolo non funzionano certo meno bene dei modernissimi Shimano. Insomma, caro Andrea, la bici è un congegno antico che nessuno può fermare. È la rivoluzione, quella vera: l'unico mezzo di locomozione a diffusione di massa, spinto solo con la forza delle gambe...».

Andrea ascoltava stupito, forse non mi aveva mai sentito parlare così. Forse neppure io avevo mai parlato così.

«Ti chiamo un giorno a tenere una lezione al Politecnico, non sto scherzando».

«Porta qui i tuoi studenti se vuoi che gli parli di biciclette. Portali tutti, anche i negri».

Gliel'ho detto calcando le parole, che capisse.

«Già, perché non è venuto Nagibullà?».

«Aveva degli amici in casa. Buffi sai, con dei gran sottanoni e la barba lunga. Stavano confabulando su una mappa, magari preparavano un viaggio».

«O un attentato».

«Un che cosa?»

«Non dirmi che non hai mai pensato al terrorismo islamico. Lo sai da dove viene il tuo aiuto meccanico, vero?».

No, non ci avevo pensato mai e non mi piaceva che qualcuno lo pensasse.

«Li teniamo d'occhio, cosa credi. All'università intendo...».

«Nel senso che li spiate?».

«Nel senso che teniamo gli occhi bene aperti».

E io che temevo che Andrea portasse il passato con sé, arrivasse qui con qualche cattiva notizia caduta in prescrizione. No, è un uomo del presente, di questo insopportabile presente che abbiamo intorno.

«Sbagli a pensare queste cose di Nas».

«O forse sbagli tu a non pensarle».

«Forse è meglio che per le lezioni di biciclette ti cerchi qualcun altro. E anche per sbattere la solitudine. Non sei il benvenuto in casa mia».

«Mi spiace».

«A me no».

Lo vedo andarsene neppure tanto dritto, inciampare prima del portone, lì dove c'è un mattoncino rotto sul quale finiscono tutti per mettere il piede. Non m'importa nulla di averlo ritrovato. E neppure della sua solitudine da separato, abbandonato, dimenticato da una donna e da dei figli che, glielo auguro, vivono dove la gente pensa meglio. Ecco, mi sono arrabbiato, tanto. Ma non sopporto chi pensa male di una persona senza saperne nulla. Anzi, sapendo che è un tuo ottimo studente. Torno in casa, della terza bottiglia di Riesling ce n'è ancora metà. Lascio fluire i pensieri, che anneghino lì per stasera. Buonanotte Arnaldo Scura. Vaffanculo Andrea Scaramagli. A te, alla lotta armata, al terrorismo islamico e all'alluminio. Per questo il mondo va male, perché c'è in giro gente che insegna ai giovani i metalli sbagliati.

capitolo XVII

Ai tempi del liceo e pure dopo, all'università, mi prendevano tutti in giro per la mia Umberto Dei. Non che non piacesse, piaceva eccome. È che a qualcuno era venuto in mente che la mia non era proprio una bicicletta di sinistra. Un po' in questo aiutava la scritta Umberto Dei sul carter che aveva una grafica, diciamo, stile ventennio. Poi io la tenevo come un feticcio e spesso tutto il brillio delle finiture dorate, delle cromature impeccabili, dei cerchi in lega leggera, facevano sì che sfavillasse un po' troppo per chi considerava il proletariato non solo povero e straccione, ma pure grigio e dimesso.

Lei luccicava del mio olio di gomito, splendeva al sole con le manopole in osso, a guardare le guaine dei freni sembrava indossasse i guanti, mentre le bacchette e i fanali le conferivano un aspetto da grande parata. Per non parlare poi del sellone di cuoio e delle molle ben in vista. Ho provato mille volte a spiegare che un puzzolente Motobecane, una Lambretta scalcinata e una smarmittante Renault 4 non erano più di sinistra della mia Umberto Dei. Avevano bisogno del petrolio, delle odiate multinazionali, loro, per andarsene in giro. Alla mia bicicletta servivano solo quadricipiti e polpacci, roba di cui sono dotati dalla natura tutti gli uomini, al di là del censo, al di là del ceto.

Non facevo breccia, l'onda ambientalista era di là da venire, si cominciava timidamente a parlare di ecologia, di aria pulita.

Allora mi arrabbiavo ancora di più e chiedevo che senso avesse essere tutti uguali e solidali in un mondo avvolto dallo smog. Tutti liberi di tossire, di farci mangiare i polmoni dalla diossina, elemento assai di moda dopo il disastro di Seveso del 1976.

Poi però, mentre mi scaldavo, c'era sempre qualche compagno che considerava un po' troppo borghese il borsello di cuoio con gli attrezzi dietro alla sella. Anche lì a spiegare che il proletario si ripara da solo le forature. Che il cuoio serve per durare a lungo, per non essere vittime del consumismo. Parole al vento. La mia Umberto Dei rischiava l'ostracismo politico, la messa al bando, l'odio di classe. Decisi allora di sostituire il borsello di cuoio con uno decisamente di sinistra, realizzato con la tela di un tascapane di tipo militare, di quelli che allora facevano da pendant all'eskimo. La Umberto Dei non protestò, ma continuò a essere guardata con diffidenza. Come se la rivoluzione dovessimo farla per andare in giro in Graziella e ricoperti di cenci. No, la rivoluzione andava fatta perché anche gli operai avessero la bicicletta, una bicicletta buona, con il borsello degli attrezzi in pelle vera.

Quando dovevamo finalmente passare all'azione, a Milano, e tagliammo tutti la barba e i capelli, cominciammo a vestirci normale, allora sono tornato al borsello originale, quello che il Settantasette e dintorni mi avevano fatto mettere da parte. E per fortuna che nessuno dei compagni di allora conosceva la storia. Sennò a qualcuno poteva venire in mente che la mia bici si chiamava Imperiale perché era nata dopo il 1936, dopo la proclamazione dell'Impero, quello di stracci, nato dalla conquista dell'Abissinia. Se poi si fosse sparsa la voce che era stato Mussolini in persona a chiedere ai due principali costruttori italiani di bici, Dei e Bianchi, di costruire un modello che celebrasse l'impresa africana... Io lo sapevo, ma mi guardavo bene dal dirlo in giro.

Oggi la mia Umberto Dei è bici da vecchietti, la politica non c'entra più, è questione di anagrafe. Lo sento dire, magari sottovoce, anche da tanti di quelli che vengono qui a farsi mettere a punto le loro bici ultramoderne. Io arrivo fino all'alluminio, al titanio raramente. I telai di carbonio non so nemmeno come siano fatti. Però gli ultramoderni, non quelli da corsa, quelli da passeggio, quelli, come si dice oggi, da city bike, vengono tutti a farsi mettere le mani sulle loro biciclette. È stata Alice che ha cominciato a dire in giro che io ero lo Stradivari del velocipede. Allora le ho detto che il paragone non calzava perché io non costruivo le biciclette. «Vero, tu le accordi, le fai suonare, sei... sei... sei il Paganini delle bici!».

Stradivari o Paganini, la voce si è sparsa e siccome me la cavo bene davvero il lavoro è sempre cresciuto. Tanto che adesso al mio livello a Milano non credo ci sia proprio nessuno. Cioè, capiamoci, ci sono quelli bravi e famosi, quelli che le biciclette le fanno e le vendono oltre ad aggiustarle, chessò, penso a Rossignoli, a Zanazzi o a Detto Pietro, ma che fa suonare le bici degli altri, specie quelle antiche, ci sono solo io. O almeno così mi raccontano i clienti.

capitolo
XVIII

Quando Alice ha cominciato a non stare bene è stato in Sicilia, a Capo Passero. Più in giù credo che l'Italia sia finita davvero. Eravamo arrivati in auto, io volevo vedere quant'era grande Pachino per capire come facevano a starci tutti quei pomodori che si trovano al supermercato. Alice voleva andare al mare. A Capo Passero ci stava un'amica di Alice in vacanza e così siamo passati anche lì, per fare il bagno di fronte alla tonnara.

Era caldo, caldissimo, ma di un calore tutto siciliano che nemmeno ti accorgi che lo stai sopportando e basta una bibita fresca, una granita all'ombra di una tenda per farti dimenticare qualche grado di troppo. Siamo andati a mangiare sul mare dove c'è una signora che cucina il pesce. Abbiamo bevuto vino bianco, Catarratto, freschissimo. Tanto. Forse troppo, che siamo usciti ridendo e il sole ci ha dato uno schiaffo agli occhi e alla testa, tanto che per un attimo ho visto tutto nero. Poi la luce ha cominciato a filtrare e il mare ci stava invitando a tuffarci, ma Alice era in un angolo che vomitava. Ho pensato al vino. Poi ho anche pensato che fosse incinta. Era il nostro primo viaggio, la prima vacanza.

«Dai che non è niente».

«Sai che è già successo?».

«Cosa?».

«Che sto male, che mi si chiude lo stomaco e devo tirare fuori tutto».

«Sarai incinta». L'ho detto sorridendo.

«No, non mi sembra». Le ho letto una smorfia negli occhi mentre stavano cambiando colore.

È stato veloce, il male intendo. E anche il resto. Di solito un tumore allo stomaco viene quando sei grande, anzi, quando sei anziano, quando sei predisposto, se mangi male. Non ti viene a trent'anni che sei un fiore. Eppure è stato così. Il vomito continuava, anche quando siamo tornati a Milano.

Il medico, il dottor Tassi, che è il medico di Gorgonzola e conosceva Alice da quando era nata, all'inizio scherzava, poi le ha fatto fare esami, accertamenti, cose dai nomi difficili. E ha smesso di scherzare. Non ha mai detto tumore o cancro, ma ci ha consigliato una visita in via Ripamonti, dove c'è l'Istituto Europeo di Oncologia. Non c'era bisogno di dire altro. Sono stati tutti gentili. Le hanno spiegato come si doveva fare. Come avrebbero fatto: un'operazione, il tasso di sopravvivenza è alto. Sono andato anch'io a chiedere, a parlare col chirurgo, l'ho fatto da solo, di nascosto, senza dirlo ad Alice. Volevo capire per aiutarla, perché le volevo bene.

«Signor Scura, non si preoccupi, stia tranquillo. È un male che oggi si cura. E la sopravvivenza è molto alta. In più, a guardare gli esami mi sembra proprio che l'abbiamo preso in tempo...».

«E allora? Cosa bisogna fare?».

«Occorre un intervento chirurgico, basterà asportare lo stomaco...». Io l'ho chiesto al dottore cosa volesse dire "asportare", perché credevo di non aver capito bene. E lui m'ha fatto fare la figura da ignorante e mi ha detto: «Vuol dire portar via». Come se non lo sapessi. Intanto il dottore s'è portato via lei, mica lo stomaco. Alice, la mia Alice, c'è rimasta in quell'intervento che era arrivato in tempo. Nessuno ha sbagliato niente, anzi, sono stati tutti in gamba, professionali. Forse non dovevano dire che l'avevamo preso in tempo. Forse...

Guardo l'ora ed è quella di cominciare a tirare dentro le biciclette, a sbaraccare, a chiudere. Le giornate iniziano ad accorciarsi.

Arriverà l'autunno, quando il lavoro cala di colpo, niente più raggi da mettere a posto, ruote da raddrizzare, forature da riparare, fili dei freni da cambiare, cavalletti da avvitare, biciclette da mettere a punto per portarle in Corsica, in Sardegna, sull'Alpe di Siusi o sui colli della Toscana…

No, con l'estate che finisce arrivano quelli che hanno mezze biciclette e vengono a vedere se si può farle ritornare intere. I poveracci, quelli che chiedono solo gli attrezzi e si mettono in un angolo e fanno da soli. Poi le bici belle da restaurare. A quelle si può dedicare il tempo, adesso. Adesso che Alice se la sono portati via. In due mesi, oggi che dicono persino che dal cancro si guarisce. Lo so, lo so che è vero. È successo alla signora Basile, al signor Ottavio, a… Ho l'elenco completo dei miracoli, dei salvati, dei sopravvissuti, vicino a casa, a Gorgonzola, a Ferrara. Chiunque, quando con Alice ne abbiamo parlato agli amici, ci ha detto che conosceva qualcuno che ce l'aveva fatta. Lei no, lei che sembrava nata per farcela, è morta così, per uno scherzo del destino, per una statistica. Uno ogni non so quanti non ce la fa. Lei era l'uno, non i non so quanti.

«Posso andare capo?».

«Certo che puoi, ma non chiamarmi capo» dico a Nas che mi guarda interrogativo.

«Bene capo...». Sorride tra gli occhiali e la barbetta e se ne va.

Sta diventando sfacciato, questo mi ruba il lavoro, altro che terrorista islamico. Non avevo il coraggio di dirmelo, ma Andrea aveva seminato qualcosa. Quelle parole, terrorismo islamico, tornavano spesso. Certo, per poterle negare, per cacciarle via. Ma tornavano, associate ai sottanoni, agli amici di Nas.

E se anche fosse, mi sono trovato a pensare, a me cosa cambierebbe? Sono qui, tra le mie biciclette, nel cuore dell'Europa, cosa potrebbe accadermi mai? Quelli si gettano nel cortile pieni di esplosivo e fanno una strage. Io me ne vado all'altro mondo, che magari ritrovo pure Alice. Il signor Brandini farà a tempo a dire: visto che avevo ragione? L'Anselmi volerà via assieme alle sue chiacchiere. In fondo che male ci sarebbe? Poi ho pensato ai bambini, che pure ci sono qui nel caseggiato. E alla lapide nel cortile, quella del bombardamento del 1944. Ho pensato che quella casa aveva già dato i suoi morti. Ecco, mi sono sentito cretino.

Guarda cosa vado a pensare. Il mio Nas un terrorista... E pure un terrorista stupido, visto che il cortile di via Tofane sarebbe davvero un obiettivo da pezzenti. Ma forse questa è la base logistica, ritorno a pensare. Mi riscopro con la testa che torna sempre lì, al terrorismo.

«Apertura notturna questa sera Arnaldo?» sento una voce nel cortile che mi ricorda che è tardi. Pane, cavolo e aringa mi aspettano a tavola. Mi piace mangiare così e berci sopra il Grignolino solito della cantina. Secco che brucia la gola. Morbido che avvolge i pensieri.

capitolo
XIX

Sono anni che non nevica, almeno che io ricordi. Se viene giù qualcosa, dura un paio di giorni, poi si scioglie e sporca tutto. Non è roba da città la neve. O almeno non lo è più. Nessuno è abituato. I tram si fermano perché cascano gli alberi sulle rotaie. Le auto strombazzano in fila, le metropolitane si fanno pantano e di andare in giro in bicicletta nemmeno si parla. A Milano impazziscono tutti quando c'è la neve, anche solo l'accenno. Questa è una città che se non ti muovi e vai a lavorare ti viene l'angoscia e diventi cattivo, isterico. Gridi per strada, ti arrabbi con quello che sta facendo la coda accanto a te, passi il tempo a urlare al cellulare.

A me invece la neve piace. Anche a Milano. Costringe le persone a fermarsi. Non dico a pensare. A fermarsi un poco. Oggi di neve a Milano ce n'è almeno mezzo metro.

Nel cortile ci siamo tirati su le maniche noi per fare un po' di spazio. Le biciclette che stanno fuori in questa stagione sono poche e sopportano bene un po' di neve sulla sella e sui parafanghi. In bottega fa caldo, c'è una stufa a legna che scalda.

La Martesana imbiancata mi fa sentire bene, euforico, come non mi capitava da tempo. Se penso ad Alice stamattina niente malinconia, ma un sorriso. Starà bene, ogni tanto lo penso. E un po' mi consola.

Nas è stato a casa, nel senso di casa sua, in Uzbekistan. A gennaio, subito dopo le feste di Natale, che per noi sono lavoro, anche se non tanto. Prepariamo qualche bici da regalare, magari un pezzo d'epoca.

Prima di questo viaggio credevo che immigrare, anche solo per studiare, significasse per sempre, che non si tornasse mai indietro, neppure a vedere, nemmeno a salutare i parenti. Lo sapevo che non era così, ma mi veniva da pensarlo.

Forse per giustificarmi, farmi una ragione del perché anche quest'anno il giorno di Natale non sono andato a Ferrara. Mia madre mi manda ogni anno un biglietto d'auguri e io ricambio. Punto. Ma non sono più un ragazzino, ho ormai cinquant'anni e forse dovrei chiuderla questa ferita. Andare un giorno e dire: pace, è passato del tempo e di tempo da passare assieme ne è rimasto poco, proviamo a raccontarci chi siamo stati. Lo farò un giorno, anche perché le giornate senza Nas sono state dure.

Gli ho dato una mano con il computer ad acquistare i voli, abbiamo trovato tratte su vecchi aerei russi, di compagnie che volano verso il mar Baltico e da lì a Tashkent, la capitale. Abbiamo speso molto meno che con i voli di linea della compagnia usbeca.

Nas ha fatto un po' di documenti e qualche telefonata. Non capivo nulla e non mi sono trattenuto: «Ma che lingua parli?».

«Al telefono?».

«Sì, adesso».

«Il russo».

«Che cosa? Ma non sei arabo? Afgano?».

«Sì, sono afgano, ma oggi la mia famiglia vive in Uzbekistan».

«Certo, questo lo so».

«Beh, con l'Arabia l'Uzbekistan non c'entra nulla, mentre è stata una delle repubbliche dell'Unione Sovietica».

Ecco, pure russo è questo, altro che terrorismo islamico. Magari è un agente del KGB. Così ho pensato. Però ho sorriso e gli ho detto: «Ho una discreta confusione in testa, stasera guardo l'atlante e mi chiarisco un po' le idee. Certo che ne sai tu di lingue».

«Quelle che mi sono servite a crescere».

«Ma la tua? La tua vera, qual è?».

«La mia lingua è il pashtu, ma quella che amo e parlo sin da piccolo è il farsi, il persiano. Ovviamente nel dialetto afgano, il dari. Poi inglese, uzbeco, italiano e russo... Non tutte bene naturalmente».

Da non credere. Mi si confondevano lingue e geografie nella testa, ma ero orgoglioso del mio Nas. E un po' geloso, invidioso anche, perché io neppure l'inglese lo parlo bene come lui.

«Per fortuna che la bicicletta è un linguaggio universale!». Ha riso Nas, ma non mi ha raccontato nulla di più. Lui è così, se domandi risponde, se no tace. Se la risposta è lunga, taglia corto e ti lascia lì con un palmo di naso.

Comunque è partito e io ho avuto paura che non tornasse. Che decidesse di restare a casa, che gli impedissero di ripartire, che gli accadesse qualcosa. Mi sono affezionato, anche tanto, forse troppo. Comunque è tornato e ha portato la neve visto che oggi Milano è bianca come non accadeva da anni.

Non ha portato notizie dalla sua terra Nas, anche perché la sua terra è un'altra e lui non ne parla volentieri. Io ho approfittato della sua assenza per studiare un po', ma tutti quei nomi, quei posti, quelle guerre, quelle lingue, non mi si fermano in testa e mi mandano in confusione. E lui non mi aiuta, gli chiedo come è andata e mi elenca mamma, fratelli, cugini e zii che stanno tutti bene, quelli che vivono a Samarcanda. Il papà non troppo, ma ormai ha una certa età. Degli altri in Afghanistan non abbiamo notizie. Fine. Telegrafico.

«Sai qualcosa della guerra?».

«Quello che dicono i giornali».

Stop. Fuori c'è la neve, noi qui a lucidare biciclette, chiusi nella bottega a parlare a monosillabi dopo un viaggio che mi era sembrato eterno. Eccheccavolo. Mi pare di stare in prigione, nella prigione del pensiero.

«Ma insomma, parla, dì qualcosa, raccontami da dove vieni. Che cosa pensi. Chi sei!» sbotto con una violenza che non mi riconosco. Forse anche a me la neve dà alla testa come a tutti qui a Milano. Forse non sopporto che questo ragazzo, che sento ormai come un figlio, mi tenga dei segreti. Nas mi guarda. Aspetta che mi calmi. Poi dice: «Ti ho già visto così, la sera dell'acciaio».

Allora anch'io capisco: mi arrabbio quando amo troppo.

«Scusami, Nas».

«Non è nulla».

Già, non è nulla, dici tu che sei abituato a incassare tutti i nostri tiramenti di paese ospitante. Tu sei lo straniero, il negro. Poi ci sono i padroni, o i professori, la gente che ti guarda diffidente per strada, la polizia, chiunque si sente in diritto di dirti qualcosa, insegnarti qualcosa, pretendere. Ecco, ti pago uno stipendio da operaio e pretendo che tu mi sia così intimo da raccontarmi di luoghi e persone di cui non so davvero nulla. Che idiota. Come non mi piaccio così. Non volevo essere anch'io come tutti gli altri.

Sento l'Anselmi che ha aperto la porta.

«C'è qualcosa che non va, signor Scura?».

«No, perché?».

«Mi è sembrato di sentirla gridare».

«Si è sbagliata».

«Ero certa che stesse urlando».

«E se anche avessi gridato?».

«Liberissimo, mi stavo solo preoccupando per lei».

La vedo che posa l'occhio su Nas. Ecco di cosa si preoccupava. Provo a prenderla in contropiede: «Ha visto che tempo?».

«Incredibile, mi ricorda di un anno quand'ero ragazza...».

«Ha visto però che bel lavoro in cortile? Tutto spazzato, si passa alla perfezione...».

«Certo, altrimenti come facevo a venire qui. L'ha fatto lei quel bel lavoro?».

«No, è stato Nas».

«Chi?».

«Il mio assistente».

«Ah, il *negher*... Arrivederci, signor Scura, non alzi troppo la voce».

«Ma tu non ti offendi a sentirti chiamare così?» chiedo a Nas a bruciapelo.

«Sono abituato, non preoccuparti».

«Ma è una questione di diritti, di dignità, porca miseria».

«Qui in Italia sono ospite, Arnaldo; posso studiare e, credimi, non è facile per la mia famiglia. Ho un buon lavoro, che mi piace. Tu sei una brava persona. A me basta».

«Ma non puoi tenere sempre la testa bassa».

«A me basta, anzi ho più di quello che speravo».

«Ti manca una ragazza».

«Questo lo dici tu». E ride. Lo guardo e mi sento preso in giro. Mi verrebbe da dire vecchio, mi sento vecchio. Ma oggi c'è la neve e non ho voglia di malinconie.

capitolo XX

A Nas arriva posta di rado, così quel grosso pacco giunto da Brescia, se ho sbirciato bene, mi ha incuriosito non poco. Speravo che me ne parlasse al lavoro e invece niente, nemmeno una parola. La sera stavo per chiedergli qualcosa, quando sono venuti a prenderlo tre suoi amici. Due erano i soliti con il sottanone che ho già visto da queste parti. Il terzo è ben vestito, all'occidentale, come me quando facevo il broker, ma ha la pelle scura e gli occhi nerissimi che tradiscono una provenienza lontana. Nas si scusa perché deve andare. A me dà fastidio che si scusi, visto che l'orario è già finito. Non vedo mai donne girare in casa di Nas.

Li guardo entrare in casa tutti insieme e accendere la luce. Cosa darei per avere una scusa e andare anch'io. Invece sono solo e senza scuse. Penso alle uova. Cucinerò quelle. Una frittata con le cipolle. Mi faccio sempre da mangiare da solo da quando Alice se n'è andata. Quando c'era cucinavamo a turno, quasi si faceva a gara. Oggi io, domani tu, per chi preparava le cose più buone. Me la sono sempre cavata. Nel senso che ai fornelli sono bravo e che ho vissuto sempre solo, quindi le cose le so fare. Quando sono rimasto vedovo… Sì, è questo il temine tecnico. È brutto, ma è questo. Quindi: quando sono rimasto vedovo, per un po' ho vagato tra ristoranti di quarta serie e finte trattorie. Ma a Milano o spendi un botto o mangi male. E io di buttar via lo stomaco non avevo proprio voglia, avevamo già dato in famiglia. Eccome, se avevamo dato.

Così ho ricominciato a cucinare, che farlo mi fa anche compagnia. Accendo la radio, ascolto il gierre, avvio il computer e vado a vedere se qualcuno mi ha scritto. Ovvio che l'officina Scura ha un sito Internet, io sono antico, ma non così tanto da non capire quanto sia importante stare in rete. Ho fatto girare i soldi per mezzo mondo attraverso i computer, adesso faccio girare le mie biciclette. Mi scrivono, direi in tanti, per sapere delle Umberto Dei, per mandarmi foto, per fare domande o chiedere preventivi. Allora io imbastisco la cena, rispondo alla posta elettronica e ascolto la radio. Poi tiro fuori una bottiglia. Acquistare vino e tenerlo nella mia piccola cantina è l'unico lusso che ancora mi concedo. La sola cosa che continua a darmi piacere. Che mi aiuta a non sentirmi solo.

Ogni sera apro una bottiglia di vino e comincio a sorseggiarla mentre faccio altre cose. Poi mi siedo a tavola e vado avanti, fino a un punto in cui i pensieri si fanno ancora afferrare. Lì dovrei fermarmi, ma nella bottiglia c'è sempre ancora vino. E io sono goloso. Sento labbra e palato che vorrebbero bagnarsi ancora, godere di quel sapore. Così, goccino dopo goccino, arrivo in fondo, esausto, perché in fondo alla bottiglia i pensieri hanno preso sempre altre vie. Non sono ubriaco, non mi ubriaco mai. O meglio, di rado, con gli amici, in compagnia. Sono svuotato, come la bottiglia, e non riesco a mettere in fila le idee. Allora chiudo gli occhi, penso ad Alice e mi addormento. Di colpo, come un fragore della mente. Credo sia per via del vino, della sua amicizia, che la notte e l'insonnia non mi fanno paura. Stasera è un Chianti fiorentino, di quelli ruspanti: me l'ha regalato un cliente a cui ho rimesso a nuovo una Bianchi. Ci siamo trovati a parlare di vino e io, modestamente, in un'altra vita ho dedicato del tempo a comprendere le buone bottiglie, conoscerle, classificarle, degustarle, per dirla con questa parola così di moda. Insomma, ne ho di cose da dire sul vino e il cliente è rimasto colpito.

«Credevo che lei aggiustasse solo biciclette, mi ha detto». Poi un giorno è venuto con questa bottiglia che produce la sua famiglia a Pontassieve. Il suo Chianti è il mio compagno di stasera. All'ultimo bicchiere sento la stanchezza con forza, da schiantarmi sul tavolo. La stufa, ce n'è una anche in casa, è accesa. C'è tempo per spegnere le luci e spostarsi a letto. Come dormivo bene con l'Alice.

capitolo XXI

L'ultima, l'unica volta, che mi è arrivata a casa una convocazione dei carabinieri è stato forse nei primi anni Ottanta. È arrivata nella buchetta, come una specie di cartolina postale. Mi si chiedeva in maniera gentile e formale di passare in caserma. Ecco, per me questo è il modo con il quale le forze dell'ordine convocano i cittadini.

No, capiamoci, non sono mica scemo, so bene come si muovono polizia e carabinieri quando vogliono. Ne ho viste di manifestazioni di piazza, ne ho visti di compagni arrestati, di amici col naso rotto in questura. Però, per me, le convocazioni ufficiali devono arrivare per posta. Non dal giornalaio.

Quel giorno sono uscito dalla bottega di prima mattina, in bicicletta, ho proseguito lungo il

Naviglio, verso il centro, fino a via Zuretti. Ho preso la via contromano e ho raggiunto l'edicola. Ce ne sono di più vicine a casa, ma questa mi piace. Non so perché vengo qui a comprare il giornale, ma lo faccio sempre. A quanto pare non ero il solo a saperlo visto che un signore distinto, gentile, devo dire gentile, mi ha avvicinato chiamandomi per cognome, chiedendomi se ero io: «Il dottor Scura?».

Lì per lì non ho capito chi potesse chiamarmi dottore e cosa potesse volere da me. Ho visto quest'uomo più grande di me, con i baffi, imbacuccato in una specie di cappotto grigio e ho pensato alla mafia, anzi alla malavita, quella degli anni Settanta, di Renato Vallanzasca. Sì, lo giuro, sembrava uscito da un film con Tomas Milian. O meglio ancora, a guardarlo bene, da quelle pellicole sui bassifondi napoletani con Mario Merola nella parte del boss perbene.

Avevo sentito dire che qualcuno chiedeva il pizzo ai commercianti e ho pensato che volessero "proteggere" anche la mia bottega. Invece no, mi ha mostrato il tesserino, era un maresciallo dei carabinieri. Mi ha chiesto se potevo passare in caserma, anzi no, ha detto un'altra parola, forse il comando, insomma, in un ufficio in via della Moscova. Magari il giorno dopo, la mattina.

«Se posso» ho risposto.

«Venga tranquillo, abbiamo solo necessità di parlare con lei» ha ribattuto lasciandomi un biglietto con nome, cognome e telefono. L'avevo visto fare solo nei film. Invece pure nella realtà i carabinieri hanno il biglietto da visita. Da non credere. Nestore Trevi. Sì, proprio così, maresciallo Nestore Trevi. Ho messo in tasca il biglietto e la testa è andata indietro nel tempo. Cosa potevano volere i caramba da me? Il passato che torna, ho pensato. Quel coglione di Andrea ha voluto vendicarsi del fatto che l'ho messo alla porta. Ma è successo ormai mesi fa.

Certo che se fossi stato più sveglio e svelto avrei potuto anche chiedere che cosa volevano da me. Invece sono stato zitto a non capire, che sembrava invece che avessi capito e fossi d'accordo. Forse avevo bisogno di un avvocato. Ho cominciato a rivangare nei ricordi, nelle agende, tra i clienti. Avvocati sì, ne conosco, ne arrivano qui a portare le bici, ma mica posso raccontargli che più di vent'anni fa la mia Umberto Dei era pronta per un'azione armata. Eh no, ci voleva un amico. E di amici, mi rendo conto, ne ho davvero pochi. Avvocati poi, figuriamoci. E invece no, porca miseria, Alberta! Come ho fatto a non pensarci? Lei era dei nostri, ai tempi; non condivideva la scelta delle armi, questo no, ma era con noi. E poi l'ho incontrata qualche anno fa, un po' prima di mettermi a fare il meccanico, che assisteva un nostro cliente in non ricordo quale transazione. Cavolo, Alberta, quanto tempo. Ed era rimasta pure carina. Oddio, cosa vado a pensare adesso che sono nei guai, alle gambe di Alberta sotto il tailleur. È la prima volta, la prima in assoluto, lo giuro, che penso a una donna dopo la morte di Alice. Forse è vero che è il tempo a farci sopravvivere.

Prendo l'elenco e comincio a cercare. Avvocato Albani. Eccola qui la nostra AA, nello studio Mella e Associati. Non ricordo di aver mai avuto a che fare con questo studio. Mi pareva che fosse con... Non ricordo, comunque il nome è il suo. Vediamo, intanto faccio il numero: «Pronto. Vorrei parlare con l'avvocato Albani, con Alberta, se possibile».

«Chi parla prego?».

«Scura, Arnaldo Scura, le dica che eravamo amici ai tempi dell'università».

«Attenda».

La solita musichetta da ufficio milanese e poi la voce di Alberta: «Sono l'avvocato Albani, con chi parlo?».

«Arnaldo Scura, meccanico di biciclette per servirla».

«Arnaldo, ma sei davvero tu! Che gioia sentirti!».

«Anche per me, ma vengo subito al punto: ho bisogno di vederti».

Insomma, quanto a cortesia negli ultimi anni forse ne ho persa un po', lo ammetto. Però alla fine ci vediamo nel pomeriggio, Bar Magenta. L'occasione per fare un giro. Non lascio mai la bottega. Questa è la prima volta che Nas resta solo.

«Mi raccomando, per ogni bicicletta che esce compila la ricevuta da dare al cliente, poi prendi i soldi e dai il resto. Se devi usare il POS, sai come si fa?».

«Sì capo, lo faccio tutti i giorni».

Già, è vero, ma ci sono io. Nas non protesta e ascolta tutte le mie raccomandazioni. Sembra che debba partire per la guerra e invece devo fare una biciclettata fino a Cadorna e dintorni. Si diventa stupidi con l'età.

«Mi raccomando…».

«Sì capo…».

capitolo XXII

Arrivo con qualche minuto di anticipo. Ho attraversato la città di corsa. Non metto la mascherina per non respirare lo smog, no, respiro l'aria di Milano, comunque. Se devo lasciarci le penne voglio che si sappia che è stato l'ossido di carbonio, che sono state le automobili. Però non sopporto il rumore. Così vado in giro con l'iPod, come i ragazzini, e mi sparo la Nona di Beethoven fino al Bar Magenta. Alberta ride quando mi vede arrivare con le cuffiette bianche: «Sembri mio figlio».

«Hai un figlio?».

«Sì, si chiama Pietro, ha quasi vent'anni».

«E quindi hai anche una famiglia?».

La domanda mi è scappata, ma anche il marito di Alberta, a quanto dice, è scappato. O meglio, se n'è andato. «Abbiamo ottimi rapporti anche oggi...». Questo lo dicono tutti i divorziati che sono arrivati davanti al giudice senza tirarsi i coltelli, penso, ma rispondo con un sorriso. Entriamo, cerchiamo un angolo appartato tra i legni che ricordano quando i bar erano nuvole di fumo nelle quali scomparivano bicchieri e conversazioni. Adesso non ci sono più posti dove si può fumare. Già. «Fumi ancora?».

«Io sì».

«Io anche».

Ci sediamo. Le racconto. La osservo. È buffo come ci si possa ritrovare dopo tanto tempo a parlare di cose seppellite dai ricordi, dalla vita. Eppure sono lì a chiederle come fare a non rimetterci le penne, dopo un quarto di secolo.

Guardo Alberta, il sorriso che esce dalle piccole rughe del tempo, i capelli cortissimi, non tinti, un po' scuri e un po' d'argento. Eppure è ancora così giovane. Bella.

«L'ultima volta che ti ho visto avevi i capelli color rosso signora».

«E tu la cravatta e la camicia azzurra».

Già, eravamo cambiati. Bastava guardarci per raccontarcelo. Il maglioncino beige di lana merinos diceva di Alberta: cambiato genere, niente più consulenze per aziende, solo cause di lavoro, poveracci. Si campa bene lo stesso e la coscienza ne guadagna. Io niente più investimenti, solo biciclette. Parliamo, poi vengo al punto. Lei ascolta. Pensa. Sentenzia: «Non è il mio campo, ma penso che tu non abbia nulla da temere. È un invito informale, inusuale. Vai a sentire cosa vuole questo maresciallo Trevi, poi vediamo. Casomai troviamo un avvocato bravo».

«Perché, tu cosa sei?».

«Scemo... E comunque non preoccuparti. Devi dimenticartela, quella storia. Non avete fatto niente. Lo so che potevate, che volevate, che... Però quello che conta è che non è successo niente. Non è che hai altre cose nascoste? Magari più recenti, roba finanziaria...».

«Beh, sono stato un bastardo, come tutti in quel mondo. Ma onesto. Ho pagato le tasse e dell'economia non si sente l'odore».

«L'odore?».

«Sì, la puzza, il marcio, la gente che sulle tue transazioni perde il lavoro, vede aumentare il prezzo del riso, magari muore di sete... No, è roba questa per cui non ti cercano i carabinieri. No, per questo no» commento amaro.

«Devo andare».

«Hai sempre la stessa bicicletta?» mi chiede quando mi accompagna fino al palo dove ho legato la mia Umberto Dei e mi vede armeggiare con la grossa catena che uso per lasciare la bici in città.

«È l'unica cosa che mi è rimasta...».

«Anche tu hai qualcuno che se n'è andato?».

«A me l'hanno portato via. Sono vedovo».

«Mi dispiace».

«Succede».

«Mi fai sapere se ti incatenano come la tua bicicletta?» sorride Alberta.

«Contaci... E grazie».

«Figurati».

La guardo mentre mi allontano, la musica ovatta il grigiore milanese. Devo dire che sì, il tempo ci ha reso tutti un po' più belli. Non so perché lo penso, ma lo penso. E ad Alberta i capelli corti color sale e pepe stanno bene davvero. Le illuminano gli occhi nocciola. Raggiungo la Martesana in un lampo, facendo lo slalom tra auto e semafori. È strano entrare in bottega senza essere io ad aprirla. C'è davvero un gran caos tra attrezzi, telai, scatole, copertoni che pendono dal soffitto. Chiavi, brugole, martelli, pinze e altri attrezzi sono appesi a una parete, di fianco al bancone che usiamo un po' come tavolo di lavoro e un po' come ufficio. Sono entrato senza tuta, vestito come un cliente qualsiasi. Così la guardo con altri occhi, la mia officina, quest'antro da meccanico dove ho sepolto la mia vita sotto una valanga di biciclette, dove ho chiuso il mio tempo come in una scatola, senza più mettere il naso fuori. Mi sembra l'antro di Luigi, il meccanico di Ferrara. Mi rivedo ragazzo di fronte a tutto questo acciambellarsi di colori, di ferri e gomme, manopole, manubri, bacchette, pignoni, moltipliche...

Cerco di fare un inventario improvvisato, veloce, di quanto ciarpame è stipato in un angolo così piccolo di città. E mi trovo a pensare a quanta storia si possa stipare in un uomo solo. Peraltro inutile. Che cosa ho mai fatto di buono nella vita io? Aggiusto biciclette, certo, ma questo può farlo chiunque. Cazzo. Non un sogno da coltivare, una famiglia dove tornare, un figlio a cui raccontare chi sei e chi sei stato. «Sai Nas, una volta non ero un meccanico di biciclette... E poi sono stato anche sposato, con Alice...».

«Come capo? Non ti ho sentito entrare, ben arrivato. Stavi dicendo qualcosa?».

«Niente».

Sì, niente. Cosa mi metto a fare adesso, il sentimentale? E racconto la mia vita all'afgano? Ne avrà già lui di cose a cui pensare. Domani vado a sentire cosa vogliono i carabinieri. E poi vedremo. Nas sta tirando a nuovo una Umberto Dei da viaggio, una Palloncino del 1934, con le ruote da 26. Un gioiello di prima dell'impero e della mia Imperiale. Mi chiedo se gli piacerebbe davvero averne una. Se girerebbe per Milano con una bicicletta del genere. Ho avuto per un attimo l'impulso di chiederglielo, ma so che risponderebbe di sì. È così che è entrato nella mia vita, dicendo Umberto Dei. E adesso non posso pensarmi senza di lui. «Sta venendo bene, quella, sei bravo!» gli dico all'improvviso, quasi soprappensiero.

«Solo olio di gomito, capo».

Peccato, penso a tutto quest'olio di gomito sprecato per dare un gioiello di ingegneria a un commercialista o al dirigente di qualche fabbrichetta. Ma che fabbrichetta, mi dico ancora, ormai a Milano non si costruisce più nulla. Penso alla fabbrica di biciclette, alla Umberto Dei, all'officina Radius, alla Singer di via Columella, vicino a viale Monza. Con le biciclette non c'entra nulla, c'entra con le macchine per cucire. Ma è un bel posto, con quel sapore di una città che faceva, che costruiva. Oggi tutti corrono, ma non fanno niente. Non si fabbrica più niente a Milano.

Alzo gli occhi e guardo il disegno di Osvaldo Ballerio, la targa con la pubblicità delle Umberto Dei, appesa a una parete: «CICLI DEI, SUPERIORI AI MIGLIORI». C'è scritto proprio così, superiori ai migliori. E oggi vengono qui a spenderci sopra i soldi quando Umberto Dei ci ha messo passione, ricerca, lavoro, sudore. Lo stesso sudore che Nas impiega a lucidarle. E mercanteggiano sul prezzo quando vengono a ritirare il lavoro di mesi. Poi la mettono in garage e non la tirano più fuori, l'Umberto Dei che noi gli abbiamo preparato.

Noi le facciamo uscire che possono girare il mondo e loro gli fanno fare il giro dell'isolato. Quando va bene.

capitolo XXIII

Il rapporto perfetto, quello per il quale i cambi non servono a nulla, è 42 per 18. Quarantadue sono i denti che stanno sulla moltiplica e diciotto quelli del pignone sulla ruota di dietro. Con questo rapporto e la giusta lunghezza della catena la pedalata è perfetta, basta aumentare la potenza dei muscoli, la fatica, e si fa qualunque salita. In pianura poi il meccanismo è un orologio. Insomma, il cambio non serve, se non nelle bici da corsa. Con una Umberto Dei il movimento è così fluido e scorrevole che sembra siano i pedali e non i piedi a condurre la danza.

Eppure stamattina faccio fatica a prendere il ritmo mentre vado in via Moscova. Certo, ho fatto un bel respiro, mi sono alzato con calma, ho seguito i consigli di Alberta, sono tranquillo e il passato è troppo passato perché qualcuno trovi da ridire. Tanto più che non abbiamo fatto nulla. Mesi di preparativi, ed è vero, non abbiamo fatto niente, se non finanziare qualche balordo che ci aveva procurato le pistole. A pensarci oggi neppure avevamo provato a usarle. Una sì – in val Veddasca, una domenica, oltre Varese, sopra il lago Maggiore, in un bosco lungo il sentiero che risaliva il torrente Giona – ma faceva troppo rumore. Le altre le abbiamo impugnate sulla fiducia. E comunque, per la fine che hanno fatto, in un sacco in fondo alla Muzza, che sparassero o meno non ha nessuna importanza. E adesso, arrivo e che gli dico a questo maresciallo Trevi? Boh, dirà lui.

Pesano le gambe, quasi indolenzite, nel cercare di dare un ritmo alla pedalata. Arrivo che sono sudato. Sarà l'età. Sarà la fifa.

Entro, anzi, faccio per entrare e subito vengo fermato. Occorrono motivi e documenti per andare dai carabinieri. «Mica si varca la soglia così, come se fosse la Standa» mi rimprovera il piantone. Ma c'è ancora la Standa? mi verrebbe da chiedere. Invece dico che ho un appuntamento, con il maresciallo Trevi, Nestore Trevi. Lo fanno cercare. Attendo. Mi chiedo dove mi faranno andare, ma eccolo arrivare verso di me, in borghese, come il giorno prima, con il baffo del sud pettinato. «Buongiorno Scura, come sta? Ha fatto bene a venire, venga, le offro un caffè». E mi prende sottobraccio come fossimo vecchi amici. Mi conduce fuori dalla caserma, lontano dagli uffici, in un baretto con due tavolini, uno per noi.

«Ha fatto colazione?».

«Certo, mi alzo presto maresciallo».

«Sappiamo che è un lavoratore».

Non chiedo come lo sanno, potrei venire a scoprire qualcosa che non vorrei.

«È così difficile mandare avanti un'attività artigiana. Manca la manodopera, i nostri giovani preferiscono studiare e così dobbiamo ricorrere agli stranieri. Come quel ragazzo che lavora con lei...».

«Nas è in regola ed è studente anche lui, come i *nostri giovani*». La risposta è amara e anche un po' delusa. Non stavano cercando me, il mio passato, ma vogliono parlare di Nas. Forse ho sbagliato qualcosa col permesso di soggiorno. Non faccio a tempo a mettere in riga i pensieri che il maresciallo Trevi...

«Mi chiami Nestore, potrei essere suo padre».

Al massimo mio fratello maggiore, penso ma non dico. Anzi, mio fratello maresciallo. La battuta mi fa sorridere tra me. Guarda che idioti giochetti di parole mi vengono in mente in una situazione come questa. E poi perché non siamo in caserma, ma chiacchieriamo qui come fanno gli informatori nei film? Comincio a spazientirmi, ma non mi sento nella posizione di alzarmi e dire qualcosa a effetto, tipo: «Mi mandi una convocazione ufficiale, verrò accompagnato dal mio avvocato». Penso ad Alberta. Beh, con lei vorrei andare altrove, a fare un giro in montagna magari. O in bicicletta sul lago…

Sento il maresciallo che chiede: «Ma lei lo sa chi è il suo operaio?».

«Uno studente uzbeco».

«Afgano…» mi corregge subito il maresciallo.

«Io so che viene dall'Uzbekistan, ce l'ha scritto sul passaporto».

«Ma non ha visto il nome, il cognome?».

«Perché, scusi? Secondo lei io che faccio il meccanico di biciclette so che differenza c'è tra un cognome cinese e uno del Burkina Faso?».

«Non faccia l'ingenuo, Scura, e non mi prenda in giro; lei non ha fatto il meccanico per tutta la vita, è uno che ha studiato. E che studi…».

«Sì, ma questo non cambia le cose, mica riconosco la gente dal cognome».

«Beh, la famiglia del suo operaio ha riparato in Uzbekistan un anno dopo il ritiro dei sovietici dall'Afghanistan, nel 1990».

«Nas doveva avere sì e no tre anni…».

«Non le interessa sapere la storia del suo operaio?».

«No». Trovo il coraggio di alzare gli occhi, di puntarli in quelli neri, stanchi ma attenti del maresciallo Trevi e dirgli: «No, non m'interessa, non me ne frega niente».

«Non faccia lo stupido, Scura».

«Sono obbligato ad ascoltarla?» domando a bruciapelo.

«No, naturalmente, ma è meglio che lo faccia».

«Perché?» domando con aria di sfida.

«Perché è meglio per tutti, si sieda e si metta tranquillo».

Vero, mi ero alzato in piedi e neppure me ne ero accorto.

«Se davvero non le interessa ascoltare da dove viene il suo operaio, posso tralasciarglielo».

«Ecco, me lo risparmi».

«Bene, quello che però deve sapere è che abbiamo motivo di sospettare, mi segua bene, sospettare, niente di certo, che il suo ragazzo sia implicato in qualche attività da esaltato».

«Da cosa?».

«Sì, pensiamo possa avere a che fare con l'eversione di stampo islamico».

«Come?».

«Avrà sentito parlare alla televisione di terrorismo islamico? Ha presente l'11 settembre? Le torri gemelle?».

Adesso era lui che mi stava sfottendo.

«Ovvio che conosco queste cose, ma Nas cosa c'entra?».

«Non lo so e comunque non potrei dirglielo, però lo stiamo tenendo d'occhio e un po' ci preoccupa».

«Chi? Nas? Ma se è tutto università e biciclette».

«Non solo, mi creda».

«Che altro dovrei sapere?».

«Niente, dovrebbe solo tenere gli occhi aperti e chiamarci se ci fosse qualcosa che la insospettisse».

«Mi sta chiedendo di fare la spia?».

«Diciamo di essere un bravo cittadino... Non vorrà mica che ci ritroviamo anche a Milano a dover tirare fuori i morti dalla metropolitana?».

«Certo che se tutta questa attenzione l'aveste avuta ai tempi di piazza Fontana: dopo più di quarant'anni nemmeno si sa chi è stato. Qui addirittura pensate di sapere chi sono i terroristi prima ancora che facciano qualcosa...».

Mi è scappata, mi è uscita dalla bocca, non sono riuscito a trattenermi.

«Sappiamo chi è lei, Scura, e anche cosa pensa e pure di qualche piccolo guaio da ragazzo».

«Quale guaio?».

«Non faccia lo stupido. Io lo so, lei lo sa. E poi, mi creda, questi sono così diversi da noi. Negli anni Ottanta ero nell'antiterrorismo. Quelli come lei erano i nostri figli. Stessa lingua, stesse idee».

«Beh, quelle, se mi permette, proprio no…».

«Beh, tutti italiani siamo, su questo converrà con me».

«Ma, scusi, cosa mi dovrebbe importare di essere italiano?».

«Lei andrebbe a farsi esplodere in una metropolitana?».

«No».

«Vede che è italiano o almeno occidentale…».

«Nemmeno Nas lo farebbe». Lo dico convinto.

«Forse, ma non gli dispiacerebbe che qualcuno lo facesse».

«Non è vero».

«Questi sono animali, mi creda, non conoscono i sentimenti».

Nemmeno lei mi pare…, trattengo la frase tra i denti mentre sta per scappare: «Non credo sia come dice» rispondo.

«Lei non sa in che schifo di guerra ci hanno messo questi arabi».

Vorrei dire: ma ha visto in che schifo di mondo ci siamo messi tutti? Invece decido di fare buon viso a cattivo gioco e capitolo: «Se vedo qualcosa che non va, le telefono».

«Grazie Scura. E mi raccomando, non faccia parola con il suo ragazzo».

«Ci mancherebbe. Posso andare?».

«Certo, questo è un bar, nessuno la trattiene, il caffè lo pago io, non si preoccupi».

Esco, cerco una sigaretta nella tasca del giaccone, ho le Camel di Alberta, gliele ho prese ieri per sbaglio, ne infilo una in bocca e l'accendo meccanicamente. Cazzo, ho dato fuoco al filtro. È l'abitudine di fumare senza. O forse è quello che mi ha detto il maresciallo Trevi che mi sta battendo in testa. Noi, loro, animali, terroristi, tutto mi ronza senza fermarsi. Salgo sulla bicicletta e raggiungo la bottega. Stamattina ho dovuto chiudere, non c'era nessuno. Arrivo e trovo un post-it sulla porta di vetro: «Sono passata a vedere come è andata, ma ancora non c'eri. Chiamami quando sai qualcosa. Un bacio. A.». Segue un numero di telefono cellulare. Lo sento il bacio di Alberta. Nel senso che sento che è più di un saluto tra amici. A cinquant'anni non è più come quando sei ragazzo che non capisci bene, adesso è tutto chiaro, a chi piaci, a chi no, chi ti piace. Non ci sono più segreti. Ma è bello lo stesso.

Telefono ad Alberta, le dico che devo parlarle. Che è andata bene, cioè è andata che non lo so, che vorrei raccontarle a quattr'occhi. Mi viene, mi scappa che neppure l'ho pensato, e la invito a cena. Da me, stasera.

«Certo che vengo. Porto il vino. Hai preferenze?».

«Mi piace buono».

«Beh, su questo non preoccuparti, sono sommelier».

«Ma non eri avvocato?».

«Ho fatto il corso, cretino».

«Alle otto».

«Alle otto».

capitolo XXIV

Non è mattinata per lavorare e quindi non apro nemmeno. È scritto nel destino. Inforco la bicicletta, stavolta con una forza nuova, i pedali girano da soli, cantano. E anch'io mi scopro a fischiettare Max Gazzè che mi accompagna nell'iPod mentre scivolo incosciente per viale Monza, via più breve tra smog e traffico. Chiudo gli occhi e gioco alla roulette russa al semaforo di piazzale Loreto: passare è solo questione di fortuna, il verde o il rosso non contano. Sento tutti che mi suonano, ma entro trionfante in corso Buenos Aires. A Milano sono nate le più belle biciclette del mondo eppure i milanesi non amano i ciclisti. Però sono civili, abbastanza per tollerarli. Insomma, meglio qui che a Roma. Lo dico per esperienza. E che esperienza.

Giro in via Vitruvio e vado da Gelmetti, che è una sorta di boutique del pesce, la pescheria delle grandi occasioni. Non ho nemmeno chiesto ad Alberta se mangia il pesce. Bel guaio. Che faccio? Rischio, prendo le veraci che vengono dalla sacca di Goro, il mare di casa, e dei gamberi rossi appena arrivati dalla Sicilia. Almeno così la raccontano. Come io racconto di Umberto Dei quando aggiusto le biciclette.

Metto i pacchetti nello zaino. E riparto, eccitato come un bambino, per un gioco che non ricordavo. Mi dimentico persino la mattinata con il maresciallo Trevi. Torno a casa. Apro la porta. Le finestre anche. Non lo faccio mai, o quasi, in inverno. La luce fredda entra di taglio e mette in risalto la polvere: sui mobili, sui libri, sui vestiti ammucchiati ai piedi del letto, sulle scarpe accatastate. Che schifo di casa.

Se penso che qui ho invitato a cena Andrea, che neppure si è accorto di che tugurio fosse questo posto. O forse non l'ha detto. Olio di gomito. Come per le biciclette. Accendo lo stereo, mando gli Stormy Six a tutto volume, giusto per respirare un po' d'aria di gioventù.

Ho tanta musica di quegli anni, mescolata con la classica di cui sono un appassionato ignorante: ascolto a caso e so davvero poco. Poi c'è la storia di quello che mi piace in una massa di CD che non hanno niente a che vedere uno con l'altro: gli ottoni balcanici che amava Alice convivono con Jannacci e con Enrico Ruggeri, che c'è anche se non ho mai capito a chi piacesse. Max Gazzè, Paolo Fresu, Elena Ledda, Ludovico Einaudi... Non riesco proprio a dare un verso a tutte queste copertine che si sono accatastate negli anni. Per non parlare dei libri.

Tiro fuori scopa, stracci, spazzolone, detersivi... Mi guardo in giro. È un lavoro infame. Meglio procedere per gradi. Faccio il letto. Metto i panni dentro gli armadi, nel senso che li stipo così come sono. Tolgo il minimo di polvere indispensabile. Un giro di scopa. Lo straccio in bagno. In fondo sono un uomo che vive da solo, mica Mastro Lindo. Guardo la foto fatta con Alice a Capo Passero. La giro, la copro, la metto nel cassetto... Bastardo, mi dico. La tiro fuori. Portami fortuna. Idiota, mi dico di nuovo.

Devo andare in bottega, sento Nas che sta aprendo. Già, gli ho dato le chiavi al mio terrorista. Come si fa a essere così cretini da pensare a Nas come uno che si sveglia la mattina, fa buca all'università, si mette un giubbottino pieno di tritolo e si fa esplodere a Turro o a Gorla, che sono pure fermate un po' sfigate.

«Ciao Nas».

«Non hai aperto oggi capo?».

«No, ho avuto delle commissioni da fare. Poi stasera ho una cena importante».

«Con il professor Scaramagli?».

«Macché, comunque vado via presto. Se non ti scoccia, chiudi tu».

Lo so, lo vedo che Nas mi guarda stupito che così non mi sono comportato mai, ma non m'importa. Alle sei mi fiondo in cucina e comincio a fare il battuto di aglio e prezzemolo per gli spaghetti con le vongole. Aglio? Cavolo, così poi mi puzza l'alito. Non sono proprio tagliato per gli incontri galanti. Ma per la cucina sì, penso, sentendo il profumo di mare delle vongole che si aprono in padella. Alle otto è tutto pronto, devo solo buttare gli spaghetti. Latini Senatore Cappelli, tra i più buoni del mondo, quando li mordi si sente il grano. Gli Umberto Dei della pasta. L'acqua l'ho salata, per non sbagliare lo faccio sempre all'inizio. Lo so che sporca la pentola, ma almeno non mi dimentico.

Ho apparecchiato con la tovaglia, ma poi mi sembrava troppo formale e l'ho sostituita con delle vecchie tovagliette americane che avevo comprato nel mio primo viaggio negli States. Roba un po' da cow-boy, ma fa lo stesso. I fiori sul tavolo li ho messi, ma poi ho tolto anche quelli. Delle volte sono romantico da far schifo. Alberta arriva alle otto e dieci. Vado ad aprire col grembiule da grande chef e il forchettone in mano. «Sono il re della cucina, che ti credi» le dico vedendola.

Lei sbuffa una nuvola di freddo e dice: «È bello qui». «Entra che ti raffreddi». Chiudo la porta, mi allontano, la guardo, due piccoli orecchini a perla le illuminano il viso. Ma non ce n'era bisogno: bastavano gli occhi. Mi scappa un complimento. Si schernisce. Appoggia la borsa. Guardo il vino: Bianco Kaplja, Damijan Podversic... Sbircio l'annata: 2003. «Notevole il corso di sommelier» commento.

«Non sapevo cosa cucinavi, questo è buono con tutto».

Dalla pentola gli spaghetti passano nello scolapasta, poi nei piatti; Alberta vuole sapere di oggi. Io mi scopro galante. Le vongole non tradiscono, nonostante l'aglio. Racconto del maresciallo, del bar, di Nas...

Non riesco a prendermi sul serio tanto sono contento che Alberta sia qui, lei ascolta pensierosa, ma sorride, ride, alle mie battute. Quelle che, onestamente, non capisce quasi mai nessuno. I gamberi passano in padella sopra un letto di sale grosso di Mozia, olio buono e prezzemolo. Si sente il mare, sulla Martesana, a Milano. Lo giuro. E non è colpa del vino.

«È una brutta storia» dice a un certo punto Alberta, serissima. «Tu sei sicuro che questo Nas...».

«Non andare nemmeno avanti; Nas per me è come un figlio, anzi di più. Lui non lo sa, ma da quando è morta Alice è la persona che mi ha salvato dalla solitudine. Qui non è mica sempre pulito come stasera. Ci sono sere che mangio senza neppure lavarmi le mani, il pane sa di olio per le catene, ma a me non importa. Non ho mai avuto paura di essere solo, eppure la solitudine ti fa orso».

«Tu un po' orso lo sei sempre stato...».

«Vero. Ma di Nas sono sicuro».

«Ricordi perché hai litigato con tuo padre?».

«Perché credeva di sapere dove fossi e chi fossi. E invece non lo sapeva. Ma tu come conosci questa storia?».

«Me l'hai raccontata allora».

«Che memoria».

«E pensa che con l'età perdo colpi».

«Non hai perso niente con l'età».

«Stupido».

«Comunque Nas è a posto, poi vive a dieci metri da qui, gli ho affittato la casa che era di Alice».

«Allora i carabinieri stanno prendendo un granchio?».

«Credo proprio di sì, poi, sinceramente mi stupirebbe il contrario».

«Beh, io con il mio lavoro ne ho conosciuti di carabinieri onesti e in gamba».

«Non ci credo».

«Non essere ideologico Arnaldo, io ho a che fare con gente che cade dalle impalcature dei cantieri e i datori di lavoro fanno finta di non averli mai visti... Ecco, in questi casi io ho conosciuto dei carabinieri che fanno il loro mestiere e lo fanno bene e aiutano la povera gente».

«Scusami».

«Scusami tu. A ogni modo che si fa?».

«Si stappa un'altra bottiglia che la tua è finita».

«No, Arnaldo basta, devo andare, ho un sacco di impegni domani».

«Come vuoi».

«Tu tienimi informata su quello che accade, che io intanto penso cosa è meglio fare».

«Va bene».

«Devo andare».

«Grazie che sei venuta...».

Beh, in un film adesso l'avrei baciata o mi avrebbe baciato lei. Invece mi ha detto: «A presto, allora». Ha infilato la porta e via. Un'altra bottiglia, di porto, me la sono aperta da solo, per finire la serata. Tutto troppo perfetto. O tutto troppo in fretta. Butto l'occhio fuori dalla porta e Nas ha la luce ancora accesa. Starà costruendo una bomba, penso e sorrido. Poi mi ritrovo in cortile a sbirciare dalla finestra. Non si vede ovviamente niente. Sento qualcuno tossire. Chissà chi mi ha visto. Che figura! Spiare il mio inquilino. Sento una mano toccarmi sulla spalla, è il signor Brandini, quello con la fissa di Bin Laden. «Allora qualche sospetto ce l'ha anche lei» mi sussurra con aria complice. «Sa che qui passa spesso la polizia?».

«Qui dove?».

«Lungo il Naviglio».

«Per forza, è pieno di balordi».

«Ma guardano sempre nel nostro cortile».

«Lo faranno anche negli altri».

«Questo non lo so, ma un giorno mi darà ragione, Scura».

«Vuole un bicchiere di porto?». Non ho mai invitato un vicino a bere qualcosa. Brandini mi guarda e dice: «No, grazie» stupitissimo. Sì, è vero sono sempre stato un po' orso.

«Buonanotte».

«A lei».

capitolo XXV

Siamo alle prese con la carenza di copertoni. Ridare vita al passato, renderlo presente, è bellissimo. Rimettere in strada vecchie biciclette, pezzi d'epoca, sogni d'altri tempi, è diventata ormai l'attività principale della bottega. Il Paganini della bicicletta, come diceva Alice. Ma è sempre più difficile. Ormai a Milano non si trova più niente. E nemmeno a Ferrara.

C'è da cambiare un cerchione? È difficilissimo trovare l'acciaio cromato. Solo alluminio e con misure di copertoni non adatte per Milano. Qui ci sono i tram e in centro c'è il pavé. Non si può andare in giro con quelle ruotine un po' fighette da corridore. Servono pneumatici maggiorati, scolpiti, realizzati in gomma, para, caucciù… Insomma, roba seria.

E pensare che siamo a Milano, dove una volta c'erano copertoni da primato: il mondo invidiava i nostri Pirelli. E adesso? Questi vendono le case, i palazzi, quando non si occupano di telefoni e televisioni. E io sulle ruote delle biciclette cosa ci metto?

Certo, Michelin ha ancora in catalogo copertoni più che accettabili. Diciamo buoni, anche ottimi se vogliamo essere onesti. Ma su una Umberto Dei devo montare una gomma francese? Ma non scherziamo.

È da tempo, da quando sono aumentate le richieste di restauro di bici un po' stagionate, che sto rastrellando tutti i fondi di magazzino. Ho fatto persino un viaggio a Ferrara e un altro in Romagna, dove di bici e di meccanici ce n'è un'infinità, per fare incetta di tutto quello che è rimasto. Che oggettivamente è poco, pochissimo. Si trova parecchia roba, ma non nelle misure 26 e 28 per uno per tre ottavi, per non parlare della Dei Imperiale che vuole il cinque ottavi. Meglio se bicolore, meglio se para e nero. Figuriamoci, compro anche su eBay, ma non c'è della gran roba. In più i fondi di magazzino non sono stati sempre ben conservati.

Insomma, oggi io e Nas siamo alle prese con i copertoni che stanno finendo. Perché per i telai, i mozzi, le forcelle, le catene, le corone e i pignoni non ci sono problemi, noi rimettiamo tutto a nuovo. No, non restauriamo, non siamo qui per fare il lifting alle vecchie signore. Non ho mai nascosto una ruga a una bicicletta. Io le bici le conservo, le rimetto in grado di funzionare come da giovani, ma di avere lo stesso la bellezza del tempo. Già, la bellezza del tempo.

Penso ad Alberta, a quel sorriso che non nasconde quanto tempo è passato. Eppure ha tutta la freschezza della sua nuova vita. Bisogna essere davvero convinti per occuparsi di lavoro e lavoratori oggi. Figuriamoci dopo la legge Biagi, me li immagino i giudici. Tutti cococo, cocopro, coccodè, alla faccia dello statuto dei lavoratori. Che razza di Don Chisciotte siamo venuti fuori un po' tutti. E che occhi splendidi. Per non parlare del resto. Di quel vezzo di passare la lingua sui denti, impercettibile, mentre parla. A me fa ribollire il sangue…

«Capo, ma perché nessuno fa più i copertoni come i nostri?».

«Perché oggi pensano che lavorare significhi spostare i soldi con un colpo di mouse…».

«Ma ci sarà ben qualcuno…».

«Senti Politecnico, fatti venire un'idea se ti viene, mica ti pago per darti lezioni di economia».

«Scusa, stavo solo pensando che forse si potrebbe aprire una piccola fabbrica».

«Sì, “Da Arnaldo e Nas, premiata scolpitura di pneumatici in para e caucciù”…».

Mi ha fatto ridere Nas, perché era serio. Come se fosse facile, come se avesse senso oggi costruire qualcosa, qualcosa che funzioni, intendo. In un mondo dove tutto si deve rompere in fretta per poterlo cambiare.

Mi giro verso la porta, ho sentito il campanello che dice che è entrato un cliente. Gli occhi si trovano direttamente di fronte alla sagoma di Alberta. La riconoscerei tra mille, penso.

«È qui che si può comprare una bicicletta?».

«Noi le aggiustiamo, non le vendiamo… signora». Calco su signora e accenno un inchino. Nas mi guarda divertito e non capisce.

«Lui è Nas, il mio secondo a bordo. Lei è Alberta, una cara amica».

«Sai Arnaldo, davvero vorrei acquistare una bicicletta, dopo quello che mi hai raccontato del tuo lavoro, del perché sei qui… beh, avrei deciso di girare anch'io in bicicletta per Milano».

«Ma una Umberto Dei non si compra, non una di queste. La devi avere e poi io te la metto a posto».

«Ma dove la trovo?».

«Nei mercatini, su *Secondamano*, da una vecchia zia…».

«Accidenti, Arnaldo, sei un genio, sai che davvero ho una zia che forse ha una bicicletta antica?».

«Allora valla a prendere, e poi me la porti a vedere».

«Ma zia Marta abita sul lago Maggiore… e se dopo la bici non vale niente? E poi come la porto qui?».

«In treno, trasportare le biciclette costa solo tre euro».

«Davvero si portano in treno?».

«Certo».

«Perché domenica non mi accompagni a trovare la zia? Così vedi la bici e semmai mi aiuti a trasportarla a Milano».

«In treno. Domenica?».

«Sì, hai da fare?».

No, è tanto che non ho niente da fare la domenica, ma questo non lo dico.

«Va bene. Dove andiamo?».

«Sul lago Maggiore, a Taino, il paese delle streghe».

«Di chi?».

«Delle streghe, lo dice sempre la zia. Vedrai, ti piacerà».

Alberta è già fuori dalla bottega quando Nas mi guarda complice e poi mi fa il verso: «... A domenica allora».

«Pensa a lavorare tu».

«Sì, capo».

Strafottente. Sta diventando strafottente.

capitolo

XXVI

Ci incontriamo alla stazione di Novara. Non so perché non siamo partiti insieme da Milano. Arrivo giusto in tempo per prendere il treno per Laveno, destinazione Taino.

Appena seduti Alberta si fa cupa, grave e mi dice: «Devo parlarti, seriamente».

«Cos'ho fatto? Qualcosa di male?».

«Non tu, ma devo farti un discorso che non ti piacerà. Promettimi che non ti arrabbi».

«Giurin giuretto».

«Prometti davvero».

«Promesso».

«Senti, il padre di Pietro…».

«Chi è Pietro?».

«Mio figlio. Sì, sto parlando del mio ex marito. Insomma, lui si occupa… Non importa di cosa si occupa, in realtà quello che volevo dire è che ho chiesto del tuo Nas e ho avuto accesso a qualche notizia riservata».

«Allora? Avrà scritto sui muri che Allah è grande o roba del genere. E poi non ce lo vedo neppure a fare quello, non mi sembra per niente un fanatico. Se lo fosse, lo sarebbe di biciclette».

«No, ascolta Arnaldo, non è così come credi. Fa parte di un gruppo di persone che i carabinieri dell'antiterrorismo controllano da mesi. Non si capisce bene cosa stiano architettando, ma sembrerebbe che Nas e i suoi amici si occupino di finanziare il terrorismo islamico, probabilmente una cellula di Al Queda o un gruppo di talebani...».

«Che cosa?».

«Il mio informatore – insomma, la persona che mi ha detto e alla quale ho promesso che non te ne avrei parlato – mi ha mostrato dei rapporti di trasmissione, delle transazioni che Nas sta facendo attraverso alcuni servizi di trasferimento di denaro, sai quelli che usano gli immigrati, quegli ufficetti con anche i telefoni per chiamare i paesi lontani?».

«Manderà dei soldi a casa...».

«Anch'io ho detto così, ma si tratta di somme cospicue e vanno in direzioni diverse. Ad esempio nell'ultimo mese ha mandato in due versamenti diciottomila euro in Svezia».

«Quanto? Dove? È impossibile che Nas disponga di quella cifra».

«E invece sì, è tutto documentato».

«Come documentato?».

«Sì, ogni trasferimento di denaro lascia una traccia, dovresti saperlo».

«Ma poi perché in Svezia?».

«La polizia sta controllando, ma quello che si sa con certezza è che in Svezia ci sono gruppi di immigrati afgani».

«Perché, essere afgano è un delitto?».

«No, però di questi tempi...».

«Di questi tempi cosa?».

«Non ti scaldare, sennò smetto».

«No, vai avanti, ma sei sicura?».

«Sì, purtroppo sì. Cosa credi che non sia simpatico anche a me il tuo ragazzo?».

«Beh, continua».

«Assieme ad altri è stato nel Bresciano, non si sa a incontrare chi, ma come tu sai quella è zona di produzione di armi».

«E allora? Ci fanno anche gli uccelletti con la polenta, magari voleva assaggiarli».

«Non fare il sarcastico. Un informatore ha detto che sono partiti con una valigetta piena di soldi, contanti e sono tornati indietro senza neppure la valigia».

«Ma scusa, fammi capire, Nas dove li prende i soldi? Non certo dal suo stipendio».

«Ovvio, pare faccia delle collette nella comunità afgana, ma anche tra gli iraniani, i turchi e gli uzbechi».

«Perché, ci sono altri uzbechi a Milano oltre a lui?».

«Dai, cerca di essere serio».

«Quindi?».

«Quindi l'idea che hanno i carabinieri che si stanno occupando della vicenda è che Nas tiri le fila di un'organizzazione che finanzia il terrorismo internazionale e si occupa anche di procurarsi armi ed esplosivi».

«Dove, nel Bresciano?».

«Sì».

«Scusa, fammi capire bene. Noi, intesi come l'Italia, facciamo la guerra al terrorismo, abbiamo i soldati in Iraq e in Afghanistan, abbiamo carabinieri, poliziotti e chissà chi altro che spiano tutti i musulmani di Milano, e poi le nostre fabbriche vendono le armi al nemico?».

«Beh, Arnaldo, chi le produce le armi le deve pur vendere. Magari non la fabbrica direttamente, ma qualcuno che si occupa del commerciale».

Ecco, dimenticavo l'economia: si può far tutto e ognuno salva l'apparenza, l'importante è il profitto. Non lo dico, mi limito a sussurrare: «Che schifo di mondo».

«Mi dispiace».

«Che il mondo sia così?».

«No, per il tuo Nas; lo difendi, ma sbagli».

«Ma non potrebbe esserci un errore? Uno scambio di identità? Un equivoco?».

«No, Arnaldo, tieniti ti prego tutto per te, ma aspettati che alla fine delle indagini lo portino via, sempre che la situazione non precipiti».

«Lo difenderai?».

«Io? Non è mica una causa di lavoro...».

«Come no, in fondo è un mio operaio».

«No, non lo farei neppure se fossi capace, non si può essere indulgenti con questa gente».

«Ma l'hai visto, è un ragazzo, è innocuo».

«E tu le hai viste le immagini delle torri gemelle? Degli attentati a Madrid, a Londra, a...?».

«Sì, ma Nas non farebbe mai una cosa del genere».

«Lo difendi anche davanti all'evidenza?».

«Sai chi sarei io senza Nas adesso?».

«No».

«Uno che non sarebbe sopravvissuto al suo sogno».

«Che vuoi dire?».

«Se non fosse arrivato lui avrei lasciato andare in malora la bottega, tanto faceva male la morte di Alice».

Mi provoca sempre una fitta pronunciare la parola *morte*, ma *scomparsa* è di una ipocrisia insopportabile.

«Ma lui non c'entra, è stato il caso, lui cercava solo copertura in un lavoro».

«Lui me l'ha mandato il destino, è bravo, è colto, competente, modesto, studia».

«Sì, però probabilmente è un terrorista».

«Anch'io avrei potuto esserlo».

«È diverso Arnaldo, tu non avresti mai messo una bomba in un treno o in una metropolitana. No, quelle erano cose da fascisti. Ecco, tu non avresti ucciso degli innocenti».

«Nemmeno Nas».

«Pensa quello che vuoi, ma non tradirmi Arnaldo; mi è costato molto quello che ti ho detto e mi costerebbe ancora di più se venisse fuori».

«Perché l'hai fatto allora?».

«Perché voglio aiutarti. E poi sono così contenta di averti ritrovato dopo tanto tempo». Mi bacia, leggera, sulle labbra, nell'attimo esatto in cui arriviamo a Taino.

«Dobbiamo scendere, corri».

Non riesco a credere a questa storia di Nas, non riesco proprio. Impossibile. Quando avrebbe fatto tutto questo? E quei soldi, così tanti, da dove vengono? In testa mi rimbalzano le rivelazioni di Alberta. Me le avesse fatte qualcun altro gli avrei spaccato la faccia con le mie mani. Invece... E adesso? Quando torno a Milano che faccio? Fingo di non sapere niente e aspetto che lo portino via? Tradisco Alberta? Comincio a spiarlo anch'io?

La primavera si sente prima sul lago. La giornata è tersa. L'aria frizzante, fresca, taglia il blu cupo del Verbano, sullo sfondo il massiccio del Rosa fa da confine all'orizzonte, alta in primo piano la rocca di Angera. Cartolina dal lago Maggiore. Sento Alberta che racconta di un olmo...

«Cosa stavi dicendo?».

«Che era immenso, era proprio qui, è caduto nel 1994, è bastato un temporale... Sai che zia Marta dice che aveva più di trecento anni...».

«Chi, la zia?».

«No, scemo, l'olmo, l'albero».

Ecco, adesso la vedo, la rivedo come ai tempi dell'università, con l'entusiasmo per le storie da raccontare. Certo che ne è passato di tempo. Eppure, più guardo Alberta, più non sembra. Lei è rimasta ragazzina.

«Ecco, zia Marta abita laggiù».

capitolo
XXVII

Non è possibile. Pensavo di averle viste tutte nella vita, ma questa sembra proprio una Umberto Dei, mi verrebbe da pensare una Imperiale da donna, ma non mi sbilancio. Anche perché è… è… è azzurra, celeste, no, no… turchese, ecco turchese, con tutti i fregi in oro. Incredibile! Come fa una Umberto Dei ad avere un colore come questo? Io le ho sempre viste solo nere le Imperiale. Tra quelle più moderne ce n'è qualcuna di colore chiaro. Poi ci sono le Superleggera che sono grigie. Ma celesti – buon Dio! – non mi era mai capitato neppure di pensarle. Tanto più che un colore simile, più slavato, è il cavallo di battaglia delle Bianchi.

«Non faccia caso al colore, è una Dei Imperiale, me la regalò mio marito in occasione di un anniversario di matrimonio. Ma parliamo di un altro secolo».

«Zia Marta, questo è Arnaldo».

«Piacere. Sta facendo la corte a mia nipote?».

«Ma cosa dici zia, è venuto a vedere la bicicletta che hai detto mi avresti regalato. Lui è il meccanico di cui ti ho parlato».

«Lui, il meccanico? Mi scusi, l'avevo presa per un galantuomo».

«Non far caso alla zia, ha una certa età».

«Non preoccuparti».

«Signora, ma perché è di quel colore, direi turchese?».

«Secondo lei?». E mi guarda vezzosa, con il volto di rughe sottili e i capelli d'argento raccolti. Che occhi profondi. Incredibile. Quasi balbetto quando dico: «Sarà mica per il colore degli occhi?».

«Sì, Gervaso era un uomo così galante, così sensibile. Pensi che conosceva personalmente Umberto Dei, ma non riuscì a convincerlo. La fece ridipingere in un'officina a Varese».

«E perché se ne separa?».

«Perché Alberta è la mia nipote preferita, quasi una figlia per me che figli non ne ho avuti. È stata lei a chiedermela l'altro giorno per telefono. Io sono tanti anni che non la uso più. Anzi, se lei è davvero il meccanico ne avrà da lavorare».

Cerco conferma sulla scatola sinistra del movimento centrale, quella con l'esagono: è una Dei Imperiale del 1947. Da donna, senza cannone.

«Secondo me dovremmo scrostare la vernice e far venire fuori quella originale» dico ad Alberta mentre ce ne stiamo soli e scomodi nel mezzo vagone per le biciclette. D'altra parte un gioiello come quello mica potevamo lasciarlo lì e andarci a sedere sui sedili del treno.

«Ma stai scherzando? Quello è un pezzo unico, e poi non pensi a zio Gervaso? Io addirittura mi ero fatta l'idea di riverniciarla, ovviamente dello stesso colore, così diventa come nuova».

«Ri-ver-ni-ciar-la? Ma ti ha dato di volta il cervello? Passi zio Gervaso, ma vogliamo farla diventare la fata turchina?».

La smorfia che mi si stampa sul viso è autentica, per nulla forzata. Eppure deve apparire buffa visto che Alberta dopo un attimo di stupore si mette a ridere. Appena riprende fiato mi domanda seria: «Ma tu non le restauri le biciclette?».

«No, io le faccio funzionare, le conservo».

«Spiegami la differenza».

«Adesso, appena sarà il suo turno, la smonto tutta e la faccio pulire da Nas senza usare niente di abrasivo, né carta vetrata né roba simile. Tutto a mano, con una spugnetta e una crema che pulisce e ravviva i metalli. Ci vogliono trenta ore di olio di gomito a far nuova una Umberto Dei, l'ho imparato nel 1974».

«Quando?».

«Quando ho messo a posto da solo la mia bicicletta».

«Quindi fra una settimana la bici potrebbe essere pronta?».

«Ma stai scherzando?».

«Perché?».

«Siamo pieni di lavoro per mesi. Proprio perché sei tu, potrei fartela avere per l'estate».

«E non posso venire a metterla a posto da sola?».

Ecco, questa non me l'aspettavo. Ammutolisco. Non sono sicuro di volere Alberta per tanto tempo in bottega, d'altra parte sono io che dico che il mio è un lavoro che può fare chiunque. E poi non ho mai detto di no a nessuno. «Mi piacerebbe» incalza Alberta.

«Va bene».

Mi passa un braccio dietro la schiena e avvicina le sue labbra alle mie, le apre, sento il bacio, ma arretro. «Non credo sia una buona idea».

«Perché?».

«Perché le persone io le perdo».

«Anche Pietro, mio figlio, mi ha detto che non è una buona idea».

La guardo stupito: ha parlato di me a Pietro.

«Ma io non sono d'accordo con voi». E mi stringe i capelli con una mano e mi bacia. Giuro, mi ha baciato lei. No, non mi sono più tirato indietro. Abbiamo cenato. A casa, da me, in via Tofane. Brindato alla bicicletta turchese. Facciamo all'amore, ma questo l'avevo già capito sul treno.

capitolo XXVIII

Che casino l'amore. Me ne accorgo subito, a colazione. Non sono più abituato a non essere solo. Certo si può imparare di nuovo, ma la vita mi è troppo stretta per popolarla in due. Nel senso che sì, la desideravo Alberta, mi piace, è intelligente, è forte, mi sta dando una mano. Ma anche no. Nel senso che potrei farne a meno, e che a meno è meglio perché la vita è già complicata per uno da solo, figurarsi in compagnia, tra due che si portano dietro un'esistenza quasi intera e mica sempre divertente. Con lutti, separazioni, addii, angosce, rinunce, stanchezze, ognuno ha le sue e magari, senza accorgersene, le inzuppa la mattina nel caffè.

Un conto è se uno si nutre a tristezza e biscotti da solo, un conto è se lo fa davanti a un altro. Mi scopro ardito, che queste cose le sto dicendo ad Alberta che mi ascolta seria.

«Non è che hai solo paura?».

«Certo che ne ho, a chili, non comincio a fare l'eroe alla mia età. E poi te l'ho detto, stare con me porta male».

«Con me magari peggio».

«Vedi che ho ragione io».

«C'è qualcosa che non ti piace di me?».

«Che non mi piace? Vuoi scherzare? Sei bellissima».

E invece sì, ma questo non l'ho detto: non mi piaceva quel suo essere a proprio agio nella vita, come se ne facesse parte, come se ci fosse da sempre. Non lo sopportavo, non lo sopporto stamattina a colazione.

«Insomma, mi piaci, credo che io e te potremmo stare bene insieme, ma…».

«Ma?».

«Ma credo che sia troppo tardi».

«Sei stupido, se dici così».

«Può darsi, ma ormai la mia vita è qui e non c'è tanto posto».

«Sono stata benissimo stanotte».

«Anche io sono stato bene, ma… ma vorrei che non accadesse più».

«Davvero?».

«Sì».

«È stata una scopata a gratis, allora».

«No, non è così, preferisco solo che non accada più».

«Sicuro?».

«Sì».

Alberta mi ha preso sul serio, con quella cocciutaggine che mi aveva colpito di lei: non sarebbe accaduto mai più. Ma si è piazzata comunque in officina, con tanto di tuta blu, a ripulirsi la sua Umberto Dei.

Se n'è andata dopo tre week-end di lavoro, pedalando. Io forse ho sbagliato, ma non me la sono sentita. Davvero.

Avaro di sentimenti. Così mi ha definito Alberta una volta che ne abbiamo riparlato. Non lo so. Quello che invece ha contato è stata la sua presenza in bottega, quando ha lavorato per mettersi a posto la bici. Per me era difficile, perché mi sentivo in colpa e a volte anche stupido. La desideravo, mi piaceva la sua compagnia, mi ero anche immaginato che facevamo i vecchi insieme. Eppure la sua presenza mi rendeva nervoso.

Nas invece era allegro. Anche lui si era innamorato, ma non di Alberta, della sua bicicletta. Quando l'ha vista ha esclamato qualcosa in una delle sue lingue che non si capiscono ed era una esclamazione infantile, gioiosa, di quelle che escono da sole anche quando non vuoi.

«Ti piacerà mica questa schifezza spero?».

«È del colore della moschea di Alì».

«Di che cosa?».

«Dell'unico ricordo che ho dell'Afghanistan, dell'unica cosa che ogni tanto mi passa davanti agli occhi. Non so neppure se la ricordo davvero o l'ho vista tante volte in fotografia da farla diventare ricordo, ma la sua bicicletta, avvocato Alberta, ha gli stessi colori della moschea di Alì».

«Che sarebbe?».

«La moschea di Mazar I Sharif, dove sono nato. Secondo mio padre è la moschea più bella del mondo. È tutta oro e turchese, proprio come la bicicletta. È un colore diverso da quello dei mosaici di Samarcanda. Dentro, è sepolto Alì».

«Bene, allora abbiamo in bottega una Umberto Alì!».

«Non fare del sarcasmo» interviene Alberta. «Dicci piuttosto, Nas, ma chi è questo Alì che noi siamo un po' ignoranti in materia?».

«Uno dei principali profeti dell'Islam, il profeta degli sciti, il cognato di Maometto».

«Vedi? Anche loro si santificano tra parenti».

«Smettila Arnaldo, scusaci Nas».

«Si figuri, avvocato Alberta, ne sento tante in giro».

«Beh, Politecnico, se non ti offendi, allora ribattezziamo la bici, da bicicletta turchina a bicicletta santa…».

Non mi ascolta neppure Nas quando dice ad Alberta che è una bici bellissima e che le porterà fortuna. Speriamo ne porti un po' a tutti. Il clima comunque in bottega è questo.

Io non ce l'ho fatta a preoccuparmi di tutte le cose che ha detto Alberta su Nas, tutte quelle questioni di soldi, di armi e di terrorismo. Saranno anche vere, ma io non ci credo e comunque voglio vivere come se non lo fossero. Alberta se n'è accorta, ma non ha battuto ciglio. Mi è venuta dietro. Sa portare serenità, lei. E mantenerla.

capitolo XXIX

In realtà, a dirla tutta, ogni tanto ci penso e vorrei seguire Nas all'università, entrare con una scusa a casa sua, provare a parlargli. Poi lo guardo e non riesco a capire.

Ho iniziato però a leggere, a informarmi, so cosa sono lo jihadismo e il salafismo, ho una vaga idea della religione islamica, ho cercato di studiare un po' l'Afghanistan senza capire poi troppo di questo paese che è da sempre un vero casino. Non riesco a immaginare che Nas c'entri con tutto questo, ma ogni tanto Alberta arriva con la scusa di aver qualcosa da far vedere nella bicicletta, viene a bere un caffè a casa e mi dà altri particolari di questa doppia vita che Nas condurrebbe davanti ai miei occhi e che io proprio non riesco a vedere.

Intanto sta per arrivare di nuovo l'estate. Non

me ne accorgo tanto dalle giornate serene e dai profumi che arrivano dai fiori lungo la Martesana. Lo capisco invece dai clienti, che insistono per avere in fretta le biciclette e parlano di mete nelle quali le useranno per fare gite, escursioni, passeggiate. Insomma, la vita è quella di sempre anche se ormai sono diventato praticamente un restauratore e non un meccanico. Chissà cosa direbbe Luigi di me. Lo penso e accendo una sigaretta davanti alla bottega. Ho le mani sporche e la tuta blu da operaio. I capelli bianchi cominciano a essere tanti. Ogni tanto la guardo, la fotografia che mi ha scattato Alberta a sorpresa. Lei torna, per parlare, per vedermi, perché siamo amici e perché, credo, in questo mondo di biciclette non avrà trovato l'amore, ma qualcosa di meglio di quello che c'è in giro, questo sì. E poi, forse, viene anche a dare un'occhiata a Nas, che pare si stia inguaiando in qualcosa di troppo grosso per lui.

«Un giorno finiranno le indagini e lo arresteranno» mi ha detto Alberta. Ma anche lei è d'accordo con me: viviamo in un mondo davvero orribile se un ragazzo in gamba come Nas lavora per distruggerlo. Sì, perché lui è intelligente e alla fine lo sa che ci faremo tutti a pezzi, che non c'è una civiltà superiore o una religione migliore. Moriremo tutti. E come fa questo cretino a pensare che quattro bombe addosso a ragazzini invasati e magari drogati possano risolvere i problemi del mondo? Far trionfare l'Islam? Liberare l'Afghanistan? Liberarlo poi da chi, che ogni tanto arriva qualcuno e lo libera da qualcun altro? Che mondo di merda. E in questa merda il mio Nas fa finta di aggiustare biciclette e invece lavora per farla esplodere. Immagino gli schizzi, sangue e sterco e il mondo che va in frantumi. No, bisogna che decida di affrontare la realtà. Perché sarò anche avaro di sentimenti, ma non posso nascondere la testa sotto la sabbia. Sono a casa, da solo, è notte, bevo il fondo di una Barbera. Sì, una Barbera, al femminile, come dicono in Piemonte, di quelle antiche, che prendono a schiaffi il palato. Domani mattina vado da Nas e gli parlo da uomo a uomo, mi spiace per Alberta che magari passa dei guai, ma non voglio che il mondo vada a rotoli per colpa di Nas e nemmeno che lui finisca in galera. Che cretino. E poi cosa penserà suo padre che, a quanto ho capito, fa una gran fatica a mantenerlo agli studi? Già, mi dico, al tuo di padre mica pensavi, Arnaldo, quando facevi la rivoluzione. Perché mai dovrebbe pensarci Nas?

Apro la finestra, l'aria si è fatta calda e di notte non respiro. Fumo una sigaretta. Sì, ho deciso, alle sette vado a bussare da Nas. Mi vesto anche, prima di farlo, non con la tuta, vestito da uomo, che capisca che faccio sul serio. Mentre penso e fumo si sono fatte quasi le cinque, sto per chiudere la finestra quando mi sembra di vedere delle persone entrare e muoversi nel cortile. Senza occhiali non vedo. Li inforco e capisco: stanno andando a prendere Nas. È un attimo, non l'ho neppure pensato che già mi precipito sulla porta per andare ad avvisarlo. Chissenefrega se il mondo esplode, sangue e merda, non voglio che Nas finisca in galera. Apro la porta e due carabinieri armati di tutto punto con anche i giubbotti antiproiettile mi spingono dentro casa, cerco la forza di urlare, ma uno mi blocca chiudendomi la bocca con il guanto di pelle. Entra il maresciallo Trevi, in borghese, mi fa cenno di tacere e mi dice di non fare sciocchezze, che io non c'entro. Cerco di urlare lo stesso ma uno dei carabinieri mi soffoca. Sento bussare alla porta di Nas, sento alzare la voce, giro l'occhio e fuori dalla finestra intravedo altri carabinieri che dicono alla gente di non uscire. Bussano forte adesso. Parlano. Il maresciallo Trevi esce e grida il nome di Nas, tutto intero: «Mohammed Nasim Najibullah, apri o sfondiamo la porta!». Come sfondate la porta, penso, quella è casa mia, porca miseria. Ma la porta la sfondano. I carabinieri mi liberano e corro anch'io in casa di Nas e gli urlo: «Nas, non fare il cretino, arrenditi!».

È un urlo strozzato, disperato, lo sento come se provenisse da un'altra parte, ma sono io che grido perché non voglio che lo uccidano, il mio meccanico.

«Ha visto che alla fine abbiamo dovuto venire a prenderlo?» mi dice il maresciallo Trevi.

«Ma cosa ha fatto?».

«Non glielo posso dire, ma è al centro di un caso di terrorismo internazionale, ne abbiamo presi altri stanotte, forse abbiamo evitato un attentato».

«E chissenefrega». Lo dico convinto, tanto che Trevi mi guarda e dice: «Ma a lei non importa niente che la gente muoia?». Non rispondo, ma a me in questo momento importa solo di Nas. Che non è in casa. Non c'è. Tutto questo casino per niente.

«Dov'è?» mi chiede Trevi.

«Non lo so, ieri sera era qui».

«Cazzo, cazzo, cazzo! Ma lei non la passa liscia, Scura».

«Io? Le sembro un terrorista islamico?».

«Non si può mai dire». Me l'ha strappata la risata, ho rimediato una sorta di pugno, nel centro del mio cortile, davanti a casa. Sono uscito tenuto sottobraccio da due carabinieri. Fuori sul Naviglio e sopra in viale Monza c'erano le auto coi lampeggianti, nella casa di fronte, sull'altra sponda della Martesana, c'erano i carabinieri appostati coi fucili. L'avrebbero ucciso Nas, se fosse scappato. Sinceramente non pensavo meritasse un simile spiegamento di forze.

Mi portano in via Moscova, questa volta dentro la caserma, in una stanza logora, arredata di plastica, di finto legno, di schedari metallici, dall'odore di vecchio. Dalle finestre non si vede nulla. Arriva il maresciallo Trevi, mi offre da fumare. «Ma non è vietato?».

«Non si preoccupi. Tanto lei potrebbe non essere mai stato qui».

«In che senso?».

«Glielo spiego io» dice entrando nella stanza un signore con un vestito scuro intero, con tanto di cravatta, così poco adatto alla stagione. Mi tende la mano, farfuglia un nome e una qualifica. Non so cosa sia, la qualifica, ma contiene la parola *speciale*.

«È uno dei servizi segreti?» domando.

Sorride: «Non faccia come nei film».

Taccio. Lui mi dice che Nas è pericoloso e che hanno bisogno che io dia una mano, che sono stati un po' bruschi nel portarmi lì, che sono una brava persona, che sicuramente voglio aiutarli. Per fortuna non cita la patria, ma in un paio di frasi c'è andato vicino. E comunque, conclude, se non ci costringe a fermarla, per quel che ci riguarda lei qui non c'è mai stato.

«E qual è il vantaggio?».

«Meno problemi per tutti, anche per lei».

No, non mi hanno fatto del male, ma più di una volta ho temuto che me lo facessero, che alzassero le mani. Io non avevo niente da dire, ma per convincerli ci ho messo tutta la giornata. Mi hanno rilasciato alle sei di sera, quello che aveva la qualifica di *speciale* mi ha stretto la mano e mi ha detto: «Non faccia lo stupido Scura: se nota qualcosa, se sente Nas, telefoni subito. E soprattutto noi, qui, non ci siamo mai visti».

capitolo XXX

Arrivo a casa che c'è ancora luce. Il crepuscolo sulla Martesana colora l'acqua e la ciclabile di un arancione stanco, mentre cominciano a farsi sentire le zanzare. Pensavo avessero messo i sigilli a casa di Nas. Invece niente. Entro da me, non è stato toccato nulla, la pila di piatti da lavare è lì dove l'ho lasciata. E anche il mucchio di camicie che non stirerò mai. Per quel che le uso.

Prendo la chiave di riserva e vado a casa di Nas. Non serve, perché non si riesce più a chiudere bene. Entro. Faccio un giro veloce ma non tocco niente, ho paura che abbiano messo delle telecamere e non vorrei finire nei guai. Di Nas, del suo passaggio, c'è davvero poco. Per tutto questo tempo per lui è stato poco più di un dormitorio. Incredibile. Vorrei sbattere la testa contro il muro. Tutto questo tempo insieme senza che io avessi capito niente. Eppure ero stato avvisato, sapevo tutto, ma non volevo capire, non volevo sapere. Umberto Dei: mi ha conquistato così, con due parole, il giorno che è arrivato. Un appassionato di biciclette, ho pensato. Suo padre che girava l'Afghanistan su una Bianchi. Il Politecnico. Tutto quel parlare dell'alluminio e dell'acciaio. Cazzate, tutte cazzate, un terrorista di merda, uno stronzo, uno di quegli arabi che credono di esserci solo loro al mondo, uno che avrebbe dovuto parlare di tritolo e dinamite, altro che di telai in acciaio. Ma la cosa che proprio non riesco a mandare giù è di dover dare ragione alla signora Anselmi, al signor Brandini e a quel saccente di Andrea. Sputo per terra, in maniera per niente elegante. Non ho neppure la tuta.

Telefono ad Alberta. Non sapeva niente. «Arrivo subito» dice.

Ho sul tavolo tutte le bottiglie dei peggiori liquori che c'erano in casa, dalla grappa del Nonno, non il mio, si chiama proprio così la grappa, all'amaretto di Saronno, passando per cognac, whisky e compagnia cantando. Quando entra Alberta sto mescolando un po' tutto da un pezzo. E non sono più molto in me.

«Vorresti scopare a gratis?» le chiedo quando entra.

Fa finta di non sentirmi. Sposta un po' di bottiglie e dice: «In fondo lo sapevi, te l'avevo detto».

«Sì, è vero, ma fino all'ultimo non ci ho voluto credere. E poi, dove sarà andato? Gli staranno dando la caccia ovunque. E come ha fatto a sapere che l'avrebbero arrestato?».

Sto piangendo come un bambino, lacrime e alcol, sudore e caldo, tutto sulle braccia lentigginose di Alberta che mi accarezza i capelli e continua a dire che la vita non è mai come la vorremmo noi.

«E che non lo so? Ho perso la donna che ho amato di più in meno di un anno. Di Nas sai meglio di me. Pensa cosa saresti se ci fossimo messi insieme...».

«Sarei felice, forse».

«Oppure morta».

«Sei solo sconvolto Arnaldo, non dire cose stupide di cui poi ti penti».

«Di tutta la vita mi sono sempre pentito».

«Delle tue biciclette no».

«Ma come faccio a portare avanti l'officina da solo?».

«Se vuoi posso darti una mano».

«Ma tu fai l'avvocato».

«E ho molto tempo libero, Pietro è andato a studiare in America, l'ha convinto suo padre».

«Mi spiace».

«A me no».

«Eppoi come faccio a rimettere piede in cortile? I vicini. Che figura».

«Da quando, Arnaldo Scura, ti preoccupi dei vicini?».

Già, da quando?

Ho comprato tutti i giornali con la cronaca di Milano il giorno dopo, ma nessuno parla dell'operazione di via Tofane. Eppure era imponente, incredibile. Alberta dice che forse è perché le indagini sono ancora in corso e Nas sperano di trovarlo.

capitolo XXXI

Non l'hanno trovato. Sono passati ormai sei mesi dalla mattina dei carabinieri. In questo tempo si è parlato poco di lui. Ho ricevuto una visita dal maresciallo Trevi, che mi ha detto chiaro e tondo: «Per colpa sua l'abbiamo perso».

Sono stato convocato in Tribunale e interrogato da un magistrato come persona informata sui fatti. Poi la vita ha ripreso il suo corso senza Nas. Ma io so che lo cercano ancora. E a volte anch'io vorrei trovarlo. Soprattutto adesso che è Natale e mi sento solo come non mai.

Non ha nevicato quest'anno. Non è neppure freddo. Per Natale, non per le feste ma per il giorno proprio giusto, il 25 dicembre, ho invitato Alberta, tanto è sola anche lei. Niente malinconie. Promesso. Niente scopate a gratis. Promesso anche questo. Ci siamo visti di rado in seguito, perché poi io non ho voluto che mi desse una mano in bottega. «Non ci sta bene una donna in officina» le ho detto.

«Ma tu mi raccontavi che quand'eri sposato tua moglie stava spesso in bottega».

«Ma lei era l'Alice».

Credo che ad Alberta questo abbia fatto male, ma è la verità. Se ne sono andati tutti e io faccio fatica a trovare posti nuovi nel cuore. Però ho bisogno che mi dia una mano per un'altra cosa e per questo l'ho invitata al pranzo di Natale: risotto e ossobuco, poi il panettone artigianale, quello buono, e se non basta noci, datteri, fichi secchi e mandarini. E una bottiglia di Barolo del 1964, che assieme al 1958 è l'annata migliore degli anni in cui siamo nati. Ce l'ho da tanto tempo e prima o poi bisognava aprirla. So che ad Alberta farà piacere nonostante con l'ossobuco ci stia come i cavoli a merenda.

Anche se è inverno Alberta arriva in bicicletta, sulla ruota posteriore ha messo dei pararaggi in nylon rosso. Come sono vezzose le donne, penso.

«Hai visto?» dice indicandomi la ruota con gli occhi.

«Potevo non notarlo?».

«Non ti piacciono? O non piacevano a Umberto Dei? Buon Natale!». E mi allunga un pacchettino.

«Cos'è?».

«Un regalo, aprilo».

C'è una cosa tonda che sembra un orologio, ma è più grande. Un campanello! Un campanello marchiato Dei. È originale.

«Ho visto che nella tua bicicletta non ce l'hai».

«Cavolo se sei attenta. È vero, non c'è l'ho, non l'ho mai trovato. Tu come hai fatto a rimediarlo?».

«Sei in grado di mantenere un segreto?».

«Certo, ci mancherebbe».

«L'ho smontato dalla mia bicicletta».

«E tu?».

«Io suono lo stesso. Anzi, se qualche domenica andiamo in giro assieme potresti suonare tu». Non è l'effetto del Barolo che mi fa dire che ho bisogno di lei.

«Alberta, ascoltami, devo sapere tutto quello che si può sapere di Nas e delle indagini su di lui».

«A che ti serve?».

«A trovarlo».

«A cosa?».

«Ci ho pensato molto in questi mesi, voglio raggiungerlo, dovunque sia».

«E poi?».

«E poi voglio dargli una mano».

«Sei pazzo? Vuoi aiutarlo a far esplodere le autobomba e a far deragliare i treni?».

«A finanziare la sua causa, in fondo ero bravo a far girare i soldi, molto più di lui. Mai lasciato traccia di una transazione che non doveva lasciarla».

«Scusami Arnaldo, ma che causa vorresti finanziare?».

«La sua».

«Ma se non sai neppure qual è».

«No, non lo so, ma in fondo penso sia giusta».

«Come fai a dire certe stupidaggini».

«Se la gente è pronta a morire, la causa è giusta, e se poi non lo è fa lo stesso; quando facevo da intermediario nelle transazioni finanziarie mica sapevo a cosa servivano quei soldi, da dove venivano, chi uccidevano».

«E infatti hai smesso».

«Adesso voglio ricominciare».

«Ma perché sei così, così, così… asino, cocciuto, bambino?».

«Cosa ne so, ma ho deciso. Io qui non ho più nulla, non ho nessuno, la mia famiglia è Nas e io credo che se lui ha deciso di fare una cosa quella cosa sia giusta».

«Nonostante quello che è successo? E poi non è vero che sei solo, i tuoi genitori sono ancora vivi. E hai me» ha detto abbassando gli occhi. Poi li ha rialzati furibonda: «Tu ti sei bevuto il cervello».

«No, sono sobrio e convinto». Era vero. Mai in tutta la mia vita avevo preso decisione più lucida. Era naturale: come fare la rivoluzione, come sposare Alice, come aggiustare le biciclette.

«Tu sei matto» mi ha detto Alberta. «Però cercherò di aiutarti».

«Perché?».

«Perché ti voglio bene e perché so che non farai nulla di cui potresti pentirti».

«Come fai a saperlo?».

«Mi fido di te, alla cieca, come tu ti fidi di Nas».

«Non ho un regalo per te».

«Lo immaginavo, sei così orso».

«Dicevo non ho un regalo per te, ma vorrei fartene uno grandissimo».

«Cerca di non farti del male».

«Promesso».

capitolo XXXII

Di Nas non si sapeva molto. Se non che aveva preso un volo per Riga, in Lettonia, il giorno stesso in cui erano venuti ad arrestarlo. Erano così sicuri di prenderlo, certi che fosse a casa, che non hanno nemmeno pensato di allertare gli aeroporti. Così funzionano le cose in Italia.

Le autorità lettoni dicono che lì non c'è. Ha preso un altro volo, ma non si sa per dove. Punto e basta. I servizi segreti russi lo segnalano all'interno di una cellula terroristica vicina ai ribelli ceceni, ma non sono molto affidabili e cercano di tirare l'acqua al loro mulino. Della questione pare si siano occupati anche gli americani, ma sono intervenuti in modo strano, a gamba tesa, dicendo che per loro Nas non è un problema, non ha neppure un codice di ricercato.

«Ma tu come fai a sapere cose così precise?».

«Sai quando mi hai detto di quella persona vestita di scuro, in giacca e cravatta nonostante il caldo, quello al tuo interrogatorio dai carabinieri...».

«Sì, *speciale*, me lo ricordo eccome».

«Beh, *speciale* è il papà di Pietro» ha sussurrato arrossendo Alberta. E ha aggiunto: «Giurami che questo non te l'ho detto mai».

«Certo che il mondo, per quanto bastardo, è davvero piccolo».

«Molto più di quello che pensi».

«Cosa intendi?».

«Diciamo che ho fatto delle indagini da sola e ho scoperto dove è andato Nas».

«E dove?».

«A casa, o comunque in Uzbekistan».

«Come fai a saperlo?».

«Beh, invece di chiedere al governo lettone come hanno fatto i servizi italiani ho chiesto direttamente a un'amica che lavora all'Air Baltic. Ha preso un volo da Riga per Tashkent che, se non lo sai, è la capitale dell'Uzbekistan».

«Lo so, lo so eccome, sono un vero cretino. Gliel'avevo trovata io quella tratta, su Internet, costava la metà che con l'Uzbekistan Airways. Beh, adesso ho un punto dal quale partire».

Avere il visto è stato complicato per un sacco di motivi. Il principale è che ti guardano storto perché in Uzbekistan non ci va praticamente nessuno, se non qualche turista con viaggi organizzati e mete quasi blindate.

Me la sono cavata tramite la parrocchia, come nel 1974, quando ho raccolto i soldi per la mia Umberto Dei fingendo di raccogliere carta e ferro per la chiesa.

Adesso invece ho avuto un'imbeccata da Alberta: c'è un gruppo di volontari che parte per l'Uzbekistan assieme a un prete. No, non vanno ad aiutare i bambini o roba simile. Vanno a portare paramenti e attrezzi da messa a un gruppo di cattolici di Samarcanda.

Pare che lì ci sia una comunità di cinquanta invasati che, con tutti i problemi che stanno creando le religioni nel mondo, vogliono essere cattolici a ogni costo, non gli basta cristiani, proprio seguaci del papa. In un paese con ventisei milioni di musulmani ci sono cinquecento baciapile. Incredibile. E questi qui di Milano, più invasati di loro, vanno a portargli aiuto. Però ottengono i visti velocemente grazie alle aderenze della curia milanese.

Se anche dovessi diventare davvero musulmano, sarebbe impossibile diventare più malato di religione dei cinquanta uzbechi a cui sto andando a portare conforto. Che mondo. Comunque, ostentando la devozione dovuta, ho il visto anch'io e parto con don Mauro.

Siamo in sei, tra cui due suore in borghese, travestite da signore in partenza per le vacanze. Pure il prete sembra un turista, per quanto di quelli un po' tristi. Anche se indossano vestiti normali, di tutti e tre si capisce lontano un chilometro che frequentano la chiesa almeno una volta al giorno.

Certo che ne hai fatte di stranezze nella vita Arnaldo Scura, mi sono detto guardandomi allo specchio prima di partire.

Alberta è venuta ad accompagnarci fino a Malpensa. Mi ha chiesto: «Sei sicuro?».

«Sì, mai stato così sicuro».

«E la bottega?».

Le ho messo in mano le chiavi e le ho detto: «Fai quello che vuoi».

«Anche niente?».

«Anche niente».

«Se vuoi sparire davvero, devi lasciare il cellulare, sennò ti trovano anche nel deserto».

«Mai avuto il telefonino».

Alberta non riesce a trattenere una risatina.

«Che hai?».

«E io che credevo ci fosse un motivo perché non volevi darmi il numero…».

«C'era un motivo: l'assenza dell'oggetto».

«In bocca al lupo Scura!».

Se ne è andata chiamandomi per cognome, come quando eravamo ragazzi.

capitolo XXXIII

Sono in missione per conto di Dio. Ma purtroppo non ho John Belushi come compagno di viaggio. Per tutto il volo da Milano a Tashkent, che sono veramente un sacco di ore, don Mauro mi spiega l'importanza e il pericolo della nostra missione.

«Pericolo?».

«Certo, abbiamo il bagaglio stipato di breviari in latino». Come se non ci fossero abbastanza lingue parlate in Uzbekistan: uzbeco, russo, tagiko, inglese se vuoi combinare qualcosa con gli stranieri. In più ci sono gli afgani come Nas, venuti via dall'Afghanistan in guerra. Non sono tanti e quasi tutti hanno avuto a che fare con i russi e con i comunisti, per questo si sono rifugiati in un'ex repubblica dell'URSS.

Comunque in Afghanistan adesso la guerra ufficialmente non c'è più, dovrebbe essere un paese più o meno libero sotto la presidenza di Hamid Karzai. Certo, ci sono i talebani, ma non si capisce dove siano. Poi i vari signori della guerra, scontenti del nuovo ordine che tiene poco conto delle divisioni tribali da sempre rispettate. Ho studiato, eccome. Quello che non ho capito è quale guerra stia combattendo Nas e perché la combatta da qui, dall'Uzbekistan, dove coi terroristi, islamici o meno, ho letto che hanno la mano decisamente pesante. Anzi, controllano tutti i fondamentalisti, gli integralisti. Appena uno si esalta un po' troppo lo sbattono in carcere e buttano via la chiave. Me lo conferma don Mauro con le sue preoccupazioni: non si possono importare pubblicazioni che fomentino troppo il culto, qualsiasi culto.

Ecco, a cinquant'anni rischio l'arresto per traffico di bibbie, breviari, rosari, ostensori, paramenti sacri e calici da messa. Le suore bisbigliano quintalate di *Ave Maria*, sgranando il rosario che tengono nascosto sotto alla borsetta. Se me l'avessero raccontato un viaggio così non ci avrei creduto.

Arriviamo a Tashkent che sono le nove di sera. Con le valigie cariche di accessori da messa raggiungiamo l'albergo consigliato dal tour operator di Milano che ha organizzato il viaggio. Mi guardo in giro, respiro: questa non è Asia, non c'è nulla di arabo qui, questa è in tutto e per tutto una vecchia e grigia città sovietica, un sobborgo di Mosca, un quartiere di Berlino est. Ho troppo sonno per sapere dove sono davvero.

Al mattino ancora all'aeroporto, volo per Samarcanda, si paga in contanti, in dollari, niente carta di credito, trentacinque dollari a testa, arredi sacri compresi, per salire su un vecchio Tupolev russo che solo a guardarlo capisci perché qui non ci viene nessuno. Le luci in cabina non vanno, l'aria condizionata nemmeno. La hostess era carina e gentile fino a quando non ha iniziato a spruzzare un deodorante per tutto l'aereo. Poi ha offerto dei semi: pare che sia lo sport nazionale masticare i semi.

A Samarcanda diluvia ma nonostante tanta acqua si crepa di caldo. Dovremmo essere in mezzo al deserto e invece ci vorrebbero ombrello e galosce.

Senza dire nulla lascio i miei compagni di viaggio al ritiro bagagli. La valigia coi breviari a me non serve.

Sotto una pioggia battente dove i vestiti mi si appiccicano per l'acqua e per il sudore insieme, eccomi a contrattare con un tassista – ma sarà un tassista? – una corsa fino all'hotel Zarafshan, a gestione statale. Altro residuato sovietico. Da qui comincia la mia ricerca di Nas.

E qui finisce. Sono dieci giorni che mangio spiedini di montone con cipolle e pane. Un sacco di tipi di pane. Un paese di fornai. In alternativa, involtini ripieni di carne, ovviamente di montone. Oppure riso, burro e montone. Una bottiglia di vino è un miraggio. Qui mi hanno detto che non piove mai, di solito. Ma quest'anno è un disastro e questa è la stagione delle piogge. Così le giornate passano tra acquazzoni tremendi e caldo appiccicoso e invadente. Gelo di notte. E buio totale. Nel senso che di Nas neppure trovo la famiglia. Tutti parlano tutte le lingue tranne quelle che parlo io. Chi sa l'inglese non sa le risposte, chi sa le risposte non conosce l'inglese. Sto pagando Alexsandr, che mi fa da guida per la città, ma non so neanche bene cosa chiedergli perché non vorrei finire in qualche guaio. In fondo Nas, almeno in Europa, è un ricercato. Allora chiedo di Najibullah, dei parenti di Nas, che qui ce ne sono a bizzeffe, anzi no, non ce n'è nessuno, anzi: «Sì, ho sentito parlare di uno, era il presidente comunista dell'Afghanistan».

Allora mi deprimo e Alexsandr, che mi pensa un turista, mi porta nelle madrasse, che qui non sono scuole coraniche ma mercatini. Cioè, sarebbero scuole coraniche ma il governo, che non vuole storie con i fondamentalisti, impedisce che si studi il corano e le ha trasformate in mercati, con dolci e frutta, gioielli e vestiti. L'Uzbekistan è uno dei più grandi produttori di cotone del mondo. Fino a due anni fa io non sapevo neppure che questo paese esistesse.

Insomma, è un casino che mi manda totalmente in confusione il cervello. Sono stanco. E mi sento pure un fallito, un incapace. Parto per la rivoluzione, una nuova rivoluzione, quella islamica o non so nemmeno quale, e subito mi perdo. Non riesco neppure a trovare una persona. Non so trovare una via. Non so fare niente. Mi arrendo.

Sono per strada quando decido che basta, al diavolo la rivoluzione, Nas, il caldo, la pioggia, Samarcanda. Vedo la scritta «INTERNET POINT», proprio così, in inglese. Entro per scrivere una mail ad Alberta, dirle che sto bene anche se non è vero e che torno in Italia. Che qui è tutto impossibile per uno da solo. Non ho neppure da cambiarmi: la valigia era piena di cotte, stole e paramenti, mica di mutande.

I computer ci sono. Ma sono tutti occupati da ragazzi, da giovani come Nas. Butto l'occhio, senza passare da spione, ma mi par di capire che anche qui le chat vadano forte. Il gestore mi indica una macchina che si è liberata, mi siedo lancio il browser sembra che vada a manovella da quanto è lento. Entro nel webmail e… Cazzo! Non è possibile. Non l'avevo proprio notato… Ma mica sono stati insieme ai russi per caso, da queste parti. Di colpo mi viene in mente Nas, che parlava russo quando si organizzava i viaggi. E le tastiere, ovviamente, sono in cirillico. Non riesco a capirci nulla. Provo a memoria, provo a farmi un'idea, prendo appunti di dove sono i tasti, a cosa corrispondono, ma è impossibile. Per me è davvero impossibile. Non riesco nemmeno a scrivere che vorrei tornare, non so neppure digitare l'indirizzo di Alberta. Chissà se ce la farò davvero a tornare. Sono sconsolato, esausto, prosciugato.

E poi torno a Milano a fare che cosa? A riaprire la bottega da solo? A invecchiare con la tuta blu in via Tofane? A restaurare biciclette per vecchi babbioni quando il mondo avanza al punto che Internet è arrivata anche qui, a Samarcanda? Sì, c'è arrivata, ma con la tastiera in cirillico.

Mi appoggio al tavolino di formica che sostiene il computer. Fa caldo, le pale del ventilatore appeso al soffitto fanno girare a malapena la stanchezza. Sento che sono arrivato in fondo.

Prendo un dépliant di pubblicità e comincio a farmi vento. Ma porca vacca! La mano si ferma subito e mi aggiusto gli occhiali per essere certo di non avere le allucinazioni.

Non capisco una parola di quello che c'è scritto sulla copertina di questo pieghevole colorato, ma la foto sì, quella la vedo: una Umberto Dei color turchese. Il resto è arabo, nel senso che è proprio scritto così, con i caratteri arabi. Oppure è cirillico, come la tastiera. O, ancora, è scritto in caratteri latini ma non si capisce niente lo stesso, nel senso che non so proprio che lingua sia. Però in copertina c'è la Umberto Alì, come Nas non voleva che la chiamassimo. Col cannone, da maschio, ma la bici è quella.

Che mi venga un colpo! Giro la pagina e ci sono altre foto di biciclette: una Umberto Dei Imperiale da uomo, una da donna e una Superleggera con i cambi. Volto ancora pagina e ci sono le fotografie dei dettagli: i pneumatici maggiorati, il telaio saldato, il carter pieno, le manopole in osso, la sella che sembra proprio una Brooks B67, il cambio Shimano in evidenza...

Il cambio Shimano? Ma cosa c'entra con la Superleggera? E i fregi in oro? Ci sono anche quelli, ma non c'è scritto Umberto Dei, c'è una scritta in arabo. Non mi ha preso un colpo perché il cuore è ancora buono. Il proprietario dell'Internet Point mi chiede se sto bene e se voglio continuare a occupare il computer visto che non lo sto usando. Pago e cerco Alexsandr, la mia guida, e gli dico: «Eccolo qui Najibullah!». E gli mostro il dépliant.

«Ah, Nasim Bike!».

«Nasim Bike?».

«Sì, è un costruttore di biciclette a Termiz, ha iniziato a farle da poco, sono bellissime, favolose, sembrano antiche ma vanno meglio di quelle russe o delle americane più moderne, sono garantite per durare cinquant'anni; le vende in Uzbekistan e in Afghanistan, anche a rate. Ne ha parlato pure la televisione, in pochi mesi è diventato famosissimo con il suo slogan».

«Che sarebbe?».

«In inglese suona più o meno così: *Nasim Bike, better than the best*».

«Già, superiori ai migliori».

«Che cosa?».

«Niente, parlavo da solo. Ma dove si trova Nasim Bike?».

«A Termiz, nel sud dell'Uzbekistan, sul fiume Amudarja. È una zona pericolosa, dove non si potrebbe andare senza permesso. Però per quattrocento dollari ti portiamo io e mio fratello Socrat in macchina».

«Duecento».

«Trecento».

«Duecentocinquanta».

«Affare fatto».

Eccomi su una microscopica Daewoo Tico, in viaggio da Samarcanda a Termiz alla ricerca di Nasim Bike, fabbrica di biciclette in zona fino a ieri di guerra o quasi.

capitolo XXXIV

«*Assalom alaykum! Salaam Arnaldo jan!* Un grande saluto alla tua anima, benvenuto!».

«Quante lingue usi per salutarmi?».

«Tutte, non pensavo mai di vederti qui». Sorride felice come un bambino Nas. Io sono troppo stanco per fare un po' il sostenuto e nasconderlo: sono davvero felice di rivederlo.

«Nemmeno io pensavo di incontrarti qui, a essere sincero. Né di venire in Uzbekistan un giorno né di trovarti nei panni di Umberto Dei».

«Nasim Bike».

«Sì, nome a parte per il resto hai copiato tutto. E io che ti credevo un terrorista islamico».

«No, Arnaldo, non ho copiato proprio niente, ho imparato».

«Da Umberto Dei?».

«No, da te, che mi dicevi che Umberto Dei era il migliore per un solo motivo: sceglieva il meglio, voleva il meglio senza compromessi».

«E tu?».

«Entra».

Mister Nasim Bike, come lo chiamano i miei accompagnatori, mi fa strada. È così cresciuto in soli sei mesi, niente di simile al Nas che lavorava nella mia bottega.

Dentro è buio, aiuta a sopportare il caldo. C'è rumore di officina meccanica, ci sono i bagliori delle saldatrici, ci sono uomini con la barba, il turbante e la tuta blu e c'è una vecchia profilatrice, roba che avevo visto da ragazzo, avrà almeno vent'anni. C'è un'etichetta metallica in un angolo: «OFFICINE SALVETTI – BRESCIA». Adesso comincio a capire: «Altro che armaioli bresciani!». Lo dico ad alta voce.

«Cosa?».

«Noi pensavamo che a Brescia tu comprassi armi e bombe».

«Noi chi?».

«Beh, io, volevo dire la polizia che ti controllava».

«Guarda i telai, Arnaldo: acciaio altoresistenziale, il migliore, arriva dalla Svezia, ce lo mandano già tagliato in modo che noi riusciamo a lavorarlo alla perfezione. Si trova solo lì».

«In Svezia?».

«Sì, guarda, laminato a freddo, unico al mondo. Si lavora benissimo perché parte dal minerale, non dai rottami…».

«Questo te l'ho insegnato io…».

«Mica solo questo. Però noi afgani sappiamo lavorare l'acciaio meglio di chiunque, le armi dei guerrieri pashtun sono leggendarie».

«Ecco perché mandavi i soldi in Svezia».

«Ma sai anche questo?».

«Mi sono dovuto sorbire un giorno di interrogatorio della polizia per causa tua».

«Mi spiace. Le selle sono come le Brooks, ma le dobbiamo fare noi. Le molle con l'acciaio armonico, il cuoio non manca e ci sono dei sellai bravissimi, gente che sa fare selle per cavalli da guerra. Credimi, sono ottime, magari non proprio come quelle originali ma i prezzi erano proibitivi e in Uzbekistan non le spediscono, nemmeno se paghiamo in anticipo, cosa che comunque dobbiamo fare con tutti gli altri. Nessuno si fida di questa azienda e di questo paese. Eppure qui siamo sul confine con l'Afghanistan, dove la guerra dovrà finire, dove hanno già cominciato a ricostruire e non tutti possono avere un'auto. Una bicicletta sì. Una delle nostre è cara, costa molto per un afgano e anche per un uzbeco, ma è garantita cinquant'anni, ti porta ovunque, la vendiamo anche a rate piccolissime, e se passi sopra una mina hai più possibilità di cavartela che andando a piedi».

«Cosa?».

«L'Afghanistan è un paese minato, ci vorrà forse un secolo per bonificarlo. È provato, se sulle mine antiuomo passi in bicicletta, con una di queste biciclette, puoi anche non esplodere e cavartela».

«È provato scientificamente?» dico stupefatto.

«No, ho provato io e sono qui a raccontarlo».

«Tu sei matto».

«Forse, ma intanto vendo anche in Afghanistan, oltre che in Uzbekistan dove piace il prodotto nazionale; e abbiamo fatto un po' di pubblicità, che qui non sanno neppure cosa sia e quindi funziona».

«Ma toglimi una curiosità, dove prendevi tutti quei soldi? Dove hai preso i soldi per fare tutto questo?».

«La Nasim Bike è una società, Arnaldo, ci sono dentro i capitali di tanti immigrati asiatici in Italia e non solo lì. Spiegavo il progetto e facevo sottoscrivere le quote, qui c'è il lavoro di tanta gente come me. Ho dovuto tradire la frenata integrale, non ero in grado di realizzarla, davanti c'è però il freno a bacchetta, dietro ho optato per il contropedale, qui in bici si va sulle piste di terra battuta e se c'è da frenare bisogna farlo in fretta e fermarsi subito. Ho trovato copertoni ottimi, guarda che scolpitura, sono russi, hanno anche la riga catarifrangente, da queste parti farsi vedere di notte aiuta».

«Ma perché sei andato via senza dir nulla?».

«Perché ho saputo che mi avrebbero arrestato».

«Ma non stavi facendo niente di male».

«Non mi avreste creduto. In Italia non credete mai alle cose normali. Per essere sicuro di portare avanti il mio progetto dovevo smettere di essere ricercato. Quando sono arrivato qui sono andato in Afghanistan e ho raccontato tutto agli americani, loro mi hanno creduto e mi hanno dato una mano. Un mio zio, qui, ha contribuito a suo tempo a convincere il governo a far usare le basi usbeche ai soldati americani durante la guerra in Afghanistan. Loro sono stati a sentirlo. Loro capiscono il business, mentre gli italiani continuano a cercarmi, convinti di chissà che cosa».

«Tutti ne siamo stati convinti».

«Ma non mi hai forse insegnato tu l'economia? Non mi hai parlato tu di Umberto Dei?».

«Ma io ti ho creduto talebano, ero venuto per darti una mano...».

«Talebano? Io che vengo da una famiglia di comunisti?».

«Davvero?».

«Certo, per quale motivo secondo te la mia famiglia è venuta in un paese che faceva parte dell'URSS quando tutti gli afgani che potevano andarsene riparavano in Pakistan? Noi ci siamo sacrificati per un Afghanistan migliore».

«Forse non è andata proprio così, mi ricordo i giornali che parlavano dei russi in Afghanistan».

«Ma non è andata neppure come la raccontano gli altri, Arnaldo».

«Certo che noi non abbiamo mai parlato in questi anni».

«Ti sbagli, l'abbiamo fatto, delle cose che avevano senso. Le biciclette che facciamo sono le migliori dell'Asia, forse le migliori del mondo. Sai quando ho capito che potevamo farle noi?».

«Quando?».

«Quando ho saputo che le Atala le assemblano in Turchia. Quando tu mi hai detto che ormai le biciclette italiane erano finite, se i turchi avevano preso in mano una delle più prestigiose aziende del mondo, quella che ha ancora il marchio Umberto Dei. Tu eri triste, arrabbiato, ma io ho capito...».

«Cosa?».

«Che il futuro è in Asia, Arnaldo».

«E perché non hai fatto biciclette da pochi soldi?».

«Perché quelle le fanno altri e anche perché ho lavorato con te. Anzi, mi piacerebbe se tu restassi qui a darmi una mano, la mia officina avrebbe un grande meccanico, il migliore».

«Non posso, ero venuto per fare la rivoluzione, magari la tua, ma se devo aggiustare biciclette ne ho tante che mi aspettano a Milano. E poi vedo che te la cavi benissimo».

«Con te sarebbe ancora meglio. Sai che riusciamo a fare le manopole in osso? Qui non è un problema, ci sono dei bravissimi artigiani».

«Sì, però ho visto che nella Superleggera hai il cambio Shimano».

«Non si può combattere contro i mulini a vento, come dite voi, nessuno fa i cambi come Shimano ai prezzi di Shimano, è la globalizzazione».

«Ma io mi sono sempre opposto».

«Ma tu fai bici per ricchi che le tengono in garage. Io costruisco biciclette che sfidano il tempo e il deserto, servono per viaggiare, per lavorare, per ricostruire il mio paese. Sai che ho fatto anche i modelli da donna? Qui significa credere in un futuro in cui le ragazze possono andare per strada in bicicletta».

No, sinceramente un Nas così non me lo sarei aspettato e forse la sua è davvero una rivoluzione. Lo ammetto, sono ammirato. Non so più che dire, ma una cosa da chiedere mi è rimasta: «Cos'è la bicicletta turchina sulla copertina del tuo dépliant?».

«Il modello Mazar I Sharif, il migliore, quello per chi ha dei soldi da spendere. Il mio sogno da bambino, l'ho copiata dalla Umberto Dei dell'avvocato Alberta».

«Ma le Umberto Dei non sono di quel colore».

«Le Nasim Bike sì, lo sono».

«C'è un'altra cosa che non ho capito: come hai fatto a sapere che ti stavano cercando? Come hai fatto ad andare via proprio il giorno che sono arrivati i carabinieri?».

«Davvero? Lo stesso giorno?».

«Sì».

«Me l'ha detto il professor Scaramagli che per me era meglio partire e farlo in fretta. Se è come dici, ho avuto fortuna a prendere l'aereo nel giorno giusto. Quello è stato un caso».

«È stato Andrea?».

«Sì».

«E come faceva a sapere che ti avrebbero arrestato quella mattina?».

«Questo non lo so, ma si è raccomandato molto, mi ha detto: "Se non vuoi finire male, vattene subito da Milano"».

Andrea Scaramagli, chissà cos'era diventato, in quali pieghe dell'Italia era andato a infilarsi il giorno che non era venuto al nostro appuntamento con la lotta armata. Forse era stato lui a salvarci allora, come oggi ha salvato Nas. O forse voleva solo spaventarlo, minacciarlo, convincerlo ad andarsene via, in modo che io ne soffrissi. Aveva sempre goduto a umiliarmi. Non so, ma non importa. Ha fatto bene e tanto basta.

«Come farai per l'università?».

«Finirò in Uzbekistan, a distanza, darò gli esami al Politecnico di Tashkent, è molto rinomato, da qui sono usciti grandi ingegneri, era una perla per l'Unione Sovietica».

«Perché allora studiavi a Milano?».

«Ci teneva mio padre, aveva vissuto diversi anni in Italia, per questo aveva una Bianchi, non è vero che in Afghanistan ce ne sono poi tante come ti avevo detto. Lui non voleva che tornassi. E nemmeno che mi gettassi in questa impresa. È morto due mesi fa, ma ha fatto in tempo a vedere la mia officina».

«Cosa ti ha detto?»

«Bravo, sono orgoglioso di te».

Esco e sputo in terra. Come Luigi. Come un meccanico di biciclette. Poi cerco un telefono e chiamo mio padre a Ferrara. Sarà ora che li vada a trovare i miei vecchi.

nella stessa collana

Michele Marziani
Nel nome di Marco

Mauro Colombo
L'ora del Fausto

Roberto Piumini
Il ciclista illuminato

Franco Quercioli
Gino e Fausto
Una storia italiana

Francesco Savio
Il fuorigioco sta antipatico ai bambini

Antonio Gurrado
Ho visto Maradona

altri titoli

Paolo Amadori e Paolo Tullini
Le bici di Coppi
Il tesoro ritrovato di Pinella De Grandi
e la vera storia delle biciclette del campionissimo

Marco Pastonesi
Gli angeli di Coppi
Il Campionissimo visto da chi ci correva insieme,
contro e soprattutto dietro

Paolo Costa
Gino Bartali
la vita, le imprese, le polemiche

Paolo Facchinetti
Bottecchia
Il forzato della strada

Paolo Facchinetti
Gli anni ruggenti di Alfonsina Strada
Il romanzo dell'unica donna che ha corso il Giro d'Italia
assieme agli uomini

Lino Gallo
Quasi quasi mi faccio l'Eroica
Milano, Londra, Gaiole in Chianti:
avventure semiserie di un neofita del ciclovintage

Stampato da Grafiche del Liri Srl, Isola del Liri, Frosinone
per conto di Ediciclo Editore, Portogruaro, Venezia

Edizione Anno

1 2 3 4 5 6 2014 2015 2016 2017